没有男人的夏天

〔美〕希莉·哈斯特维特 著　杨眉 译

人民文学出版社
PEOPLE'S LITERATURE PUBLISHING HOUSE

著作权合同登记号　图字 01-2016-2285

图书在版编目(CIP)数据

没有男人的夏天 /(美)希莉·哈斯特维特著;
杨眉译. —北京:人民文学出版社,2016
ISBN 978-7-02-011836-6

Ⅰ.①没…　Ⅱ.①希…　②杨…　Ⅲ.①长篇小说-美国-现代　Ⅳ.①I712.45

中国版本图书馆 CIP 数据核字(2016)第 152647 号

责任编辑:甘　慧　彭　伦　任　战
装帧设计:汪佳诗
封面绘图:晚　门

出版发行　人民文学出版社
社　　址　北京市朝内大街 166 号
邮政编码　100705
网　　址　http://www.rw-cn.com

印　　刷　宁波大港印务有限公司
经　　销　全国新华书店等

开　　本　889 毫米×1194 毫米　1/32
印　　张　5.75
字　　数　110 千字
版　　次　2016 年 10 月北京第 1 版
印　　次　2016 年 10 月第 1 次印刷

书　　号　978-7-02-011836-6
定　　价　28.00 元

献给弗朗西丝·科恩

露西（艾琳·邓恩饰）：你一头雾水，是不是？

杰里（加里·格兰特饰）：嗯嗯。你也是？

露西：不是。

杰里：嗳，你应该也是。你错就错在认为事情不一样是因为它们不同了。事情确实不一样了，却是以一种别的方式。你一如既往，只是我一直犯傻。嗯，现在不傻了。那么，只要我改样，你不觉得我们还可以跟从前一样吗？只有一点儿差别而已。

——《春闺风月》

导演：利奥·麦凯里

编剧：比尼亚·德尔马

他说过暂停那个词之后，一度，我气疯了，最后住进了医院。他并没有说我再不想见你了或者结束了，可是过了三十年的婚姻生活，暂停足以把我变成思绪如微波炉袋里的爆米花一样迸裂、飞溅、彼此颠扑的疯子。我作这番沮丧的结论时，正躺在病区南单元的床上，浑身被氟哌啶醇弄得沉甸甸的，不愿动弹。那些腌臜、有节奏的嗓音在弱下去，但还没消失，而我一闭眼就看见动画角色沿着粉红的山丘疾走，又钻入蓝森林之中。最后，P. 医生诊断我的病为短期精神错乱，也称为反应性精神病，即当真疯了，但为时不久。如果超过一个月，就需要别的标签。显然，患这种特殊的失常症通常是因为受了什么触发，或者用精神医学术语来说，什么“紧张性刺激”。照我的情况，刺激是鲍里斯，或者不如说是鲍里斯缺席的事实，鲍里斯暂停去了。他们把我关了一个半星期，然后放我走了。看了一段时间的门诊之后，我找到了 S. 医生。她嗓音低沉悦耳，笑起来温婉，还有对诗歌的好听觉。她给了我支撑——实际上，仍在支撑我。

我不想回忆那个疯女人。我以她为耻。许久以来，我不愿瞅一眼她住院时在黑白色笔记本上写的东西。我知道封面上与我的笔迹相差悬殊的涂鸦是什么，神智裂片，而我不会去碰。你瞧，我怕她。女儿黛茜来探望时藏起不安。我不确知她看到了什么，但猜得出来：一个因不进食而憔悴的女人，仍旧恍惚着，身体在药力作用下麻木，对女儿的话茫然无以言对，也没法抱抱自己的孩子。随后，她离开时，我听到她对护士抽抽噎噎地说："不像是我妈妈。"我那时丢了魂，而现在想起那句话就一阵剧痛。我无法原谅自己。

暂停是法国人，一头棕发松软而亮泽。她的乳房高耸，真的，绝无掺假。窄窄的矩形眼镜，杰出的头脑。当然，她年轻，比我小二十岁，我怀疑鲍里斯在扑向那高耸的地带之前对他的同事已垂涎多日了。我一遍一遍想象。鲍里斯，攫住暂停的奶子那当儿，雪白的发绺落上额头，旁边是转基因鼠的笼子。画面浮现的地点总是实验室，不过兴许我弄错了。他俩难得单独在那儿，"一窝鼠"团队会注意到他们酣畅之际的喧阗厮打。也许他们躲到厕所小隔间，我的鲍里斯向共事的科学家猛烈开火，眼球往上翻的那一刻他就逼近爆发了。我了如指掌。几千次我看见他的眼睛那样骨碌转。故事虽然老掉牙了——男人成日价把它重复到令人作呕，他们突然或渐渐发现"所是"并非"必须是"，于是付诸行动，摆脱照顾自己和孩子多年的糟糠老妻——却消解不了把弃妇吞没的凄惶、嫉妒和屈辱。蒙羞的女人们。我恸哭尖叫，用拳头砸墙。我吓着他了。他想要清净，想要自行其是，安然与他梦寐以求、举止得体的神经系统科学家相处，而那女人不曾与他分担往昔、悲伤、沉滞的痛，不曾与他冲突。他说暂停，而非终止，让故事留有余地，以防自己回心转意。一剂绞心的希望。鲍里斯，墙。鲍里斯，从不喊叫。鲍里斯坐在沙发上摇头，一副窘态。鲍里斯，一九七九年娶了个诗人的老鼠侠。鲍里斯，你为什么离开我？

我得走出那公寓，那里伤着我了。房间和家具，街道喧哗，落入书房的光线，小支架上的牙刷，卧室缺把手的壁橱——每样都仿佛成了共享记忆那铰接的结构中作痛的骨头，关节、肋骨，或者脊椎；而每件熟稔之物，被时间的累累含义灌了铅，似乎都压在我的体内，使我不堪其重。所以我离开了布鲁克林，回到偏僻的小镇度夏。小镇坐落之地曾是明尼苏达州的高草原，我就在那里长大。S. 医生不反对。除了八月份她照例休假外，我们每周一次通话交流。大学方面“体谅”我的崩溃，我可以九月份再回去教书。这将是疯癫冬与清醒秋之间的哈欠，用诗歌填满的无风波的空洞。我会陪伴母亲，到父亲的坟前献花。我妹妹和黛茜会来探望，我受雇在当地艺术协会为孩子们开诗歌课。“获奖的本土诗人教创作班”跃上了《邦登新闻》的头版。无端端落到我头上的多丽丝·P. 齐默诗歌奖不甚起眼，专门发给其作品归入“实验”这一名目的女性。我彬彬有礼但私下有保留地接受了这可疑的荣誉和随之而来的支票，后来才悟出任何奖都比没有强，“获奖”这个头衔给生活在对诗一窍不通的世界里的诗人添上了虽说纯属装点门面但还算管用的光泽。正如约翰·阿什伯里①所说：“身为著名诗人和身份著名是两码事。”而我连著名诗人也不是。

我在小镇边租了一座小房子，离母亲住的专为老人和古稀之人提供的公寓楼不远。母亲住在自力更生区。尽管患关节炎，还有危险的高血压偶尔突发等其他疾病，八十七岁的她依然矍铄异常，思维敏捷。老人之家还包括其他两个分区——“辅助生活区”，为需要帮助的人；“护理区”，为临终者。父亲六年前在那里去世，有一次，我感到一股拽我去重睹那地方的力量，可我走到门口就掉头走了，逃离了父亲的幽灵。

“我对这里任何人都没提起你住院的事，”母亲急切地说，她的绿眼睛灼灼盯着我，“谁都没必要知道。”

我会忘记那滴剧痛
它沸烫于我——沸烫于我！

埃米莉·狄金森的诗来救急，编号一九三。地址：阿默

---

① 约翰·阿什伯里（John Ashbery，1927—　），美国诗人，出版了二十余部诗集，曾获包括普利策奖在内的几乎美国所有诗歌奖。

斯特。

诗行片语一夏天向我的脑海掠飞。“无思想者的思绪若来临,”威尔弗雷德·比昂①曾说,“也许是‘走失的思想’,或者是携着主人姓名与地址的思想,也可能是‘狂想’。问题是,它若来临,该如何应对。”

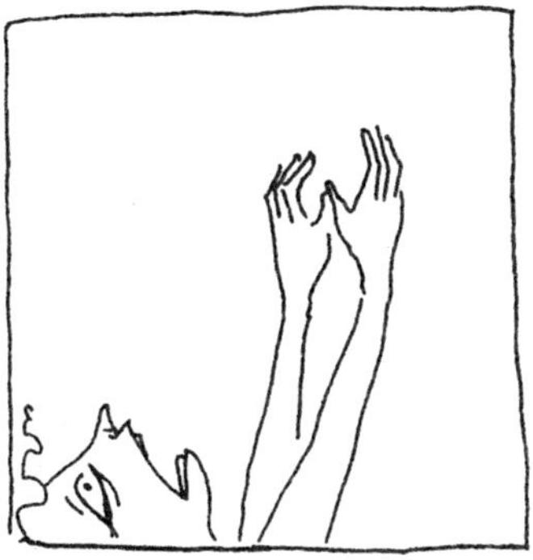

——

我的租屋两边都有房子——新发展的住宅,不过从后窗望去视野开阔。那里是带秋千的小后院,后枕一片玉米地,更远处是苜蓿地。远方有萌生林,一座谷仓、筒仓的轮廓,上面是永不止息的长空。我喜欢这景色,房子里头却让我烦心,不是因为丑陋,而是溢满了主人的生活气息。房主是一对年轻的教授夫妇,得了什么研究经费,携两个孩子弃巢去

① 威尔弗雷德·比昂(Wilfred Bion,1897—1979),英国精神分析学家。

日内瓦度夏了。我搁下包和几箱书，四下环顾，开始寻思自己怎么适应这个地方。到处是家庭照，不知打亚洲哪儿来的装饰枕，一排排政治学、世界法庭、外交方面的书籍，一箱箱玩具，还徘徊着猫味，幸好猫没沾家。我郁闷地想，到处容不下我和我的东西，我只是偷空儿的蹩脚文人。早先的日子我曾在厨桌边工作，黛茜打盹醒来，我就朝她奔去。教学和读我学生的诗——优哉游哉的诗，用“文学的”花体和缎带打扮起来的诗——费了数不清的光阴。但那时，我没有为自己抗争，或者毋宁说，没有以恰当的方式抗争。有些人只取所需的空间，挤走入侵者，就地安顿就行了。鲍里斯做起来不费吹灰之力。他的全套阵势就是伫立原地“静若鼠”。而我是一只闹鼠，那种挠墙抓狂闹乱子的，可不知怎的还是维持原状。权力、金钱、阴茎的魔力。

我小心翼翼地把每张相框放进一个盒子，在胶带上注明各自的归属地。我叠起好几张小地毯，连同大约二十个累赘的枕头和儿童玩具一起卷走。接着，有条不紊地打扫房子，捣腾出一堆堆尘土，里面粘附着回形针、燃过的火柴棒、猫砂粒、好些碎掉的玛氏巧克力糖，以及种种不明身份的残片。我漂洗了三只水槽、两个便池，加上浴缸、淋浴器。我把厨房地板擦净，给满是污垢的天花板灯除尘、清洗。两天的大扫除弄得我四肢酸痛，手上划伤了好几处。不过，昏天黑地地忙活一阵后，房间清晰了。视野之内每样原本发霉、模糊的东西显出亮丽的新气象，令我欢喜，至少暂时如此。

我取出箱子里的书，在像是丈夫的书房（线索：吸烟装备）为自己收拾停当，坐下来，写道：

遗失。
揭晓的缺席。
你若不知晓，
它就无所谓，
当然，它是，
另一种空无，
水疱般切肤，
但也是暴动，
在心和肺腑，
签名的空荡：你。

母亲和她的朋友都是寡妇。她们的丈夫大多早已作古，她们活下去，没有忘记逝者，但也不显得攥着亡夫的记忆不放。实际上，时间使这些老太太气度非凡。私下里，我叫她们五天鹅，罗灵梅多斯之东的精英。女人们得此殊荣，倒不是仅仅凭借耐受力，或者身体无恙（她们都闹着各样的病），而是因为五个人享有的精神坚韧和自治，给她们笼上了令人羡慕的自由。岁数最大的乔治（乔治亚娜）承认天鹅的运气好。“目前为止，咱们还守得住头脑，”她俏皮地说，“当然啰，谁也弄不清——咱们常说，凡事随时登门。”她从助行架上抬起右手，弹了弹指头。然而摩擦力太弱，响指不响，她似乎也料到了，因为脸上皱出了斑驳的笑。

我没告诉乔治：我的头脑失而复得，弄丢那会儿吓得我灵魂出窍；也没说站在长走廊和她聊天时，另一个乔治，格奥尔格·特拉克尔[①]的一行诗飞入脑海：*In kühlen Zimmern ohne Sinn*。在无意识的冰凉小屋。在不省人事的凉屋内。

"你知道我多大了？"她接着问。

"一百零二岁。"

世纪老人了。

"米娅，你多大了？"

"五十五。"

"还是个孩子。"

还是个孩子。

还有雷吉娜，八十八岁。她在邦登长大，可是逃离外省，嫁给了一个外交官。她在好几个国家生活过，发音带着疏离的味道——大概咬字过重了，既是在国外经年浸润的缘故，我猜也出自虚荣。但这刻意的嗜好随说话的人垂老，再也不能从她的唇齿之间挪步了。雷吉娜流露出歌剧似的脆弱与魅力凝和的气息。丈夫过世后她又结了两次婚——两个男人都猝死——随后好几桩情场纠葛，包括和一个小她十岁

---

① 格奥尔格·特拉克尔（Georg Trakl，1887—1914），奥地利诗人，被视为奥地利最重要的表现派（Expressionist）艺术家之一。

的风度翩翩的英国人。雷吉娜把我母亲视为知己，一起从当地活动中撷英咀华的闺蜜——比如音乐会、画展，偶尔演个戏。佩格，八十四岁，在比邦登还小的利镇出生长大，中学时遇到丈夫，和他生了六个孩子，于是涌出一大群孙儿，而她尽力纤毫不漏地跟上他们的动态，显得神经元分外健康。最后还有阿比盖尔，九十四了，曾经个头高，但脊椎输给了骨质疏松，伛偻得厉害。此外，她几乎聋了，可从第一次瞥见她，我就肃然起敬。她衣着整洁，裤子和针织套衫都是亲手做的，饰以苹果、马或者舞童图案的嵌花和刺绣。她丈夫离去很久了——有人说死了；有人坚称是离婚。不管什么情形，私家园丁在二战期间或其后消失了，而他的遗孀或者前妻获得了教书的学位，成了小学美术老师。"驼背又耳背，但不是哑巴，"头一回碰面时她断然说道，"想来随时来。我喜欢有人做伴。是三、二、零、四。跟我念，三、二、零、四。"

五个都是爱读书的人，每月一次和几个别的女人参加一个读书俱乐部。我从零言碎语得知，这样的聚会长着竞争的锋芒。母亲在罗灵梅多斯生活期间，不知多少她常日剧场中的人物都离开舞台投身"护理区"，一去不返。母亲坦率地告诉我，一旦有人乔迁，就消失在"一个黑洞"。悲痛减到最轻。五个人生活在来势汹涌的此刻，因为不像年轻人可以泰然地遥想一番终局，她们知道死亡并不抽象。

如果我崩溃出丑这事儿能瞒得住母亲，我会做到的，可是当一个家庭成员被拖走关进疯人院，其他成员就忧心如焚地飞跑而来。我竭力让母亲蒙在鼓里，却颇痛快地透露给妹妹，比阿特丽斯。她接到消息，在我入住南单元两天之后，坐飞机赶到纽约。我没看见他们为她打开玻璃门。那会儿我肯定走神了，因为一直眼巴巴等待着。我想她一眼就瞧见我了。听到高跟鞋坚定的笃笃声，我抬起头，只见她径直迈步过来，坐在公用区滑得离谱的沙发上，把我揽进怀里。一感到她的手指捏紧我的胳膊，我寄居其中的抑制精神的干呛茧儿便散成丝缕，我放声啜泣。比阿轻摇我，抚触我的头。米娅，她说，我的米娅。等黛茜第二次来探望时，我清醒了。起码废墟上部分重建了，我没在她面前恸哭。

泪涌，哀号，尖叫，无端发笑，这些在南单元见惯不怪，常常不惹眼地翻腾而过。错乱是深深的自我沉溺的状态，仅为追踪自我就需要极度的努力。而康复的转折点发生在接纳世界的一抹归来之际，当一人或一物穿门而过。比阿的脸。我妹妹的脸。

我的崩溃让比阿很难过，我也害怕会要了母亲的命。没有。

在小公寓，面对母亲坐着，我不禁想，她对我来说既是人，也是地方。月亮街街角那幢维多利亚时代的家宅，客厅宽敞，楼上的卧室聚成迷宫。父母居住了逾四十年，父亲去世后它被变卖了。每当我路过，缺失感就刺痛我，好像自己还是个孩子，弄不懂怎么就让暴发户侵占了旧巢。但是母亲自身就是我归家的所在。凡生存总有着落地，总有既外在又内在的空间感——精神居所。对我而言，疯癫是悬浮。当鲍里斯倏地撤走身体和声音，我飘浮起来。一天，他脱口说出暂停的心愿，就这样了。无疑，他为自己的决定费了一番心思，可我没参与他的定夺。男人出去买烟，再没影儿了。男人对老婆说溜达一圈，没回来吃饭——从此不归。一个冬日那男人拾个身就走了。鲍里斯不吐露他不愉快，也从未告诉我他不想要我了。念头就那么油然而起了。这些男人是谁？等我借“专业帮助”把自己拼凑起来，我回到了从前的、更可靠的地方，M 的故土。

的确，妈妈的世界皱缩了，她也随之皱缩了。她吃得太少，我心里嘀咕。任她随心所欲，她调制大盘大盘的生胡萝卜、辣椒和黄瓜，也许再点缀一小片鱼肉或火腿或奶酪。多年来，这个女人烧煮烘烤出足够大部队饕餮的东西，又把食品储藏在地下室巨大的冰箱里。她给我们缝衣服，补毛袜子，把紫铜黄铜磨得锃亮、劲朗。她为聚会做黄油卷儿，插花，将被单晾晒、熨烫，于是你睡进去就闻见明净的太阳味儿。她晚上为我们唱歌，递过来谆谆教诲的阅读材料，审查电影，在不理解的老师面前为女儿辩护。要是谁病了，她就在身边为病孩子搭个床，做家务时不离左右。我爱贴着母亲害病，别是什么呕吐或者真的受折磨，而是恢复期中一点点长力气。我爱躺在特殊的床上，感受母亲的手停在额头上摸体温，又向上移入我汗淋淋的头发。我爱察觉她的腿靠近我，听她的声音为病弱者婉转出特别的调子，如歌而和煦。不由得我想一直病着，永远缠绵这小床铺，苍白，浪漫，惹人哀怜，半是我，半是昏厥的女伶，但总归安然于母亲的环绕。

现在，有时候，她的手在厨房发抖，盘子或调羹会突然落地。她的衣着还是那么优雅，无可挑剔，可污渍、皱痕、擦得不对劲的鞋都会让她心乱如麻，记得我年轻时她不是这样。我想，闪亮的房子内化了，被闪亮的衣服取代。她的记性时而出错，不过也只是与新事儿或者刚脱口的话相关。她早年曾有近乎超自然的锐利。随着她的老去，我愈见如是而她渐收锋芒，但我们关系中的这点变化似乎无足轻重。尽管孜孜不倦的家务能手消失了，为病孩子搭起小床、左右呵护的女人还坐在对面，光彩未减。

“我以前总觉得你感受得太多了，”她说，又拈起家庭老话题，“你过于敏感了，豌豆上的公主，如今和鲍里斯……”母亲的语调僵硬起来：“他怎么会呢？都六十多岁了。准是疯了……”她瞄我一眼，掩住嘴。

我笑了。

“你还那么美。”母亲说。

“谢谢，妈妈。”这评价无疑是针对鲍里斯的。你凭什么抛弃还那么美的人？“我想让你知道，”我不问自答，“医生真的说我康复了，这个的确会只犯一次，从此根除。他们相信我回到老样子了——只是稀松平常的神经质——没别的。”

“我觉得教授那个小班对你有好处。你到底乐不乐意？”她的声音被情感绽裂——期待里渗着焦虑。

“嗯，”我说，“不过我从没教过孩子。”

母亲沉吟片刻，又说：“你觉得鲍里斯能甩开这个吗？”

“这个”其实就是“她”，我欣赏母亲的老练。我们不会为之命名。“我不晓得，”我说，“不晓得他心里折腾什么。从来不晓得。”

母亲凄然点点头，好像她全都知道，好像我婚姻中的暗礁是她许久前瞥见的世界剧本的一部分。妈妈，智者。已感知的意义的回响潮水般漫过她的瘦身骨。这没有变。

我沿着罗灵梅多斯之东的走廊踱步，恍然发现自己轻轻哼唱起来，

扑闪，扑闪，小蝙蝠！
我好纳闷你捣鼓的弧！
高过世界你将身纵，
像个茶盘儿切云空。

头一个星期，我利用早晨在租借的桌上静静工作，接着阅读几小时，直到下午探望母亲、与她长聊的时间到了。我听她讲关于波士顿和外公外婆的故事，听她叙述偶尔被哥哥

哈里打断的、诗情画意的中产阶级无波澜的童年。哈里，小淘气，不闹革命，十二岁死于小儿麻痹症，当时母亲九岁，她的世界从此改变。十二月那天母亲叮嘱自己要写下记忆中关于哈里的点点滴滴，她连续写了数月。“哈里的脚停不下来，吃早饭的时候老对着椅子腿晃悠。”“哈里胳膊肘上有个雀斑，像小老鼠。”“我记得有一次哈里躲在壁橱里哭，好避开我的视线。”

大多数晚上，我在自己或母亲那儿给她烧晚饭，端上丰盛的肉、土豆和意大利面，然后我穿过湿漉漉的草丛跨入租来的房子，兀自大发雷霆。狂飙突进。这是谁的戏？弗利德里希·冯·克林格[1]。丁零。丁啷。砰。米娅·弗雷德里克森反抗紧张性刺激。狂飙突进。飙泪。砸枕头。女怪兽向太空爆炸，碎片四散，又在邦登小镇落定。在米娅·弗雷德里克森饱受煎熬的大戏院，唯一的观众是墙，不是她的墙，不是鲍里斯·伊兹措维奇，叛徒，恶心鬼，心上人。不是他。不是鲍·伊。无法入睡，除非药理学，烹制一片无梦的空白。

“夜里真难熬，”我说，“我满脑子想着婚姻。”

我能听到 S. 医生的呼吸：“怎样的想法？”

“怒火，憎恨，爱。”

---

① 弗利德里希·冯·克林格（Friedrich von Klinger，1752—1831），德国剧作家，小说家。Sturm und Drang，德语，即其剧作《狂飙突进》。

“真是言简意赅。”她说。

我料想她会笑可还是说：“我恨他。我收到一封电子邮件：‘你好吗，米娅？鲍里斯。’我想寄给他美美一口唾沫。”

“鲍里斯可能有负罪感，你不觉得吗，也在担心你。我猜他也摸不着头脑了，而且听你说，黛茜对他恼火极了，这肯定够他受的。显然他不是那种面对冲突游刃有余的人。这是有原因的，米娅。想想他的家庭，他的弟弟。想想斯特凡的自杀。”

我没接茬。我记得鲍里斯在电话中说发现斯特凡死了时空洞的嗓音。记得贴在厨房墙上的黄纸条，“叫管道工”，上面的每个字母都透着异类的气息，仿佛是外语。没什么意义，但那声音在我大脑里干脆得如铁板钉钉：*你得打电话叫警察，现在赶紧到他那里去*。不困惑，不惊恐，但意识到可怕的事情来了而我只能硬着头皮上。已然发生；千真万确。你现在必须行动。雨点落在出租车窗子上，旋即纤薄的水帘滑下，从后面我可以看到下城雾蒙蒙的建筑，接着是北穆尔街的指示牌，那么普通，那么熟悉。电梯灰冷的镶板，三楼低沉的铃声。斯特凡上吊了。“不”这个字眼。再一次。不。鲍里斯在洗手间呕吐。我抚摸他的头，紧抓着他的肩膀。他没哭；他在我臂弯里咕哝，像负伤的兽。

“可怕。”我说得闷声闷气。

“是啊。”

“我照顾他。我给他依靠。要是我不在那儿他会怎么样？他怎么都丢到脑后啦？他成了块石头。我喂他。我对他说话。我忍受他的沉默。他拒绝帮助。他跑到实验室，做实验，回家，又变成石头。有时候我担心自己给气得焚化了。我要气炸了。我又要崩溃了。”

“气炸和崩溃不一样。以前咱们也谈过，甚至崩溃都有目的，有意义。你硬撑了那么久，可是好端端活着就得容忍裂缝。我想你正在这么做。你似乎不那么怕自己了。”

“我爱你，S. 医生。”

“很高兴你这么说。”

看到小女孩之前我先闻其声：灌木丛后面传来的细语。“我把你们放在花园，好了，不许你们傻里傻气磨磨唧唧……坚决不许！扑通，到这儿来，这儿。对了，看，给你一座小山。蒲公英树。小小的风儿吹起来。行了，大伙儿，一座房子。”

从我斜倚着读书的草坪躺椅看过去，两条赤裸的短腿映入眼帘，迈了两步，跪倒在地。半隐半现的孩子提了只绿色塑料桶，把里面的东西一股脑儿地倒在草地上。我看见粉色的玩具小屋，一大群硬鼓鼓、尺寸各异的填充小玩偶，接着是小女孩的脑袋。我吃了一惊，而后才明白她戴着某种滑稽头套，疙里疙瘩，白金色，叫我联想起哈珀·马克斯[①]触

① 哈珀·马克斯（Harpo Marx，1888—1964），美国杂耍、电影喜剧演员马克斯兄弟中的老二。

了电。实况报道继续。“进来，耗子。你也来，浑熊儿。注意，你们俩说说话。几只盘子。”飞奔退场，火速返回，小杯小盘散落草地。忙活着张罗，继而发出阵阵咀嚼声，咂摸嘴，装饱嗝。“饭桌上打嗝不礼貌。瞧，他来了，长颈鹿儿。你坐得下吗？往那边挤一挤。”长颈鹿儿容不得身，无奈之下，叱咤风云者将就让此仁兄的头和颈扎入，身体置之局外。

我接着看书，可那孩子的低回感叹和朗声哼唱不时让我分神。沉默片刻，突然一声哀怨：“太糟了，我是真的，我不能进到小屋子里生活！”

我想起了，想起了差不多世界的门槛，那儿愿望几乎成真。我的布娃娃会不会在夜里闹动静？调羹主动挪了一丁点儿吧？是我的心愿给它施了魔法？真与幻如镜里镜外孪生儿，彼此贴近到一同呼吸着活泼泼的气息。也有恐惧。你得扫落梦从睡眠破壳而出涌入日光的忐忑之感。你难道不希望，比阿说，天花板是地板？你难道不希望我们能……

女孩端立，大约五英尺远，朝我这儿严峻地盯过来，三四岁的胖敦敦小人，荒诞不经的头套下露出圆脸蛋、大眼睛。她一只手攥着长颈鹿儿的脖子，那东西久经沙场，一身累累伤痕，仿佛需要入院治疗。

“喂，”我说，“你叫什么名字？”

她猛摇头，鼓起双颊，又忽地转身，跑了。

太糟了，我是真的，我想。

给七个发育期少女上诗歌课之前，我的怯阵令自己发笑，然而我能感到肺部紧缩，听到浅呼吸里漾起的细小惊惶。我厉声训自己。你多年教研究生写作，而她们只是孩子。况且，你该知道凡有自尊心的邦登男孩都不会报名上诗歌班，在外省，诗歌意味着纤弱、玩偶、孀居贵妇。你怎么还期待不仅仅吸引几个对写诗抱着朦胧的、兴许感伤的幻想的小姑娘呢？再说我是谁啊？我获得了多丽丝诗歌奖，是哥伦比亚大学的比较文学博士，教师，这些体面的涂层表明我并非一败涂地。我的麻烦是内在触动了外在。轰然碎裂之后，我丧失了心智周旋里轻捷的自信。那自信是将近五十岁时才有的：我认识到或许自己被忽视，但我的思考力几乎无敌，饱读诗书已把我的大脑变成综合机械，可一口气召集哲学科学文学。我用一长串疯诗人（或轻或重）激励自己：托尔夸托·塔索、约翰·克莱尔、克里斯托弗·斯玛特、弗里德里希·荷尔德林、安托南·阿尔托、保罗·策兰、兰德尔·贾雷尔、埃德娜·圣文森特·米莱、埃兹拉·庞德、罗伯特·弗格森、韦利米尔·赫列勃尼科夫、格奥尔格·特拉克尔、古斯塔夫·弗勒丁、休·麦克迪尔米德、热拉尔·德·奈瓦尔、埃德加·爱伦·坡、伯恩斯·辛格、安妮·塞克斯顿、罗伯特·洛威尔、西奥多·罗特克、劳拉·瑞定、萨拉·蒂斯代尔、韦切尔·林赛、约翰·贝里曼、詹姆斯·斯凯勒、西尔维娅·普拉斯、德尔莫尔·施瓦茨……为我同一战壕的狂人、抑郁症患者、幻听者的如雷之名所鼓舞，我跃上自行车，去见邦登的七朵诗意小花。

从讲桌环顾我的学生，我松了口气。她们真是孩子。初露尖尖角的女孩子那荒谬而醒目的现实立刻斩钉截铁而来，对她们的同情心几乎哽住了我的喉咙。佩顿·伯格，比我高几英寸，瘦骨嶙峋，平胸，把胳膊腿像别人家的一样频频调整。杰茜卡·洛尔凯，小身骨，却已呈现女人的曲线。绕她悬浮的虚假的女性气质主要通过矫情而为人所知——喁喁的奶声奶气。阿什莉·拉森，油亮的棕色头发，微突的眼睛，坐与行中流露的不自然神色，是刚刚拥有的性欲发生区带来的——鼓起胸膛展示生长中的花骨朵。埃玛·哈特利躲在金发的遮掩下，羞答答浅笑。尼基·博鲁德和琼·卡瓦采克都丰满而吵闹，看起来以同一副咯咯笑、扭扭捏捏的形象并驾齐驱。爱丽丝·赖特，俏姑娘，大牙齿上戴着矫正架，我进来时她在看书，一直埋头读到开课。她合上书，我觑见那是《简·爱》，不禁一阵羡慕，对人生初见的羡慕。

她们中至少有一个洒了香水，暖烘烘的六月，那气味与房间的尘埃混杂，叫我打了两下喷嚏。杰茜卡、阿什莉、尼基和琼打扮得不像是来上诗歌课的。拖长的耳环，唇彩，眼影，印字的T恤衫亮出形态尺寸各异的小腹，与其说她们走入房间，不如说是神气活现地驾到了。四人帮派，我寻思道。舒适，安全，团体。

接着是我的开场白。“没什么规则，”我告诉她们，“六周时间，一周三天，我们将跳舞，与词共舞。不禁止任何东西——任何想法或者主题。允许形形色色的胡说八道、傻话瞎扯。语法，拼写，都不重要，起码一开始如此。我们会读诗，不过你们的诗不必像读的那样。”

七人默不作声。

“你是说我们写什么都行，”尼基脱口而出，“甚至龌龊东西。”

“如果你想写的话，”我说，“干脆，我们把龌龊当成触发词吧。”

简明扼要地解释了自动写作，我叫她们写下对龌龊的反应，十分钟之内潜入脑袋里的任何东西。粪便、尿、鼻涕和呕吐在几支笔下快步冒出来。琼添入了“经期狼狈”，引来咯咯笑和喘气声，叫我揣想有几个人跨过那门槛了。佩顿论述牛屎。埃玛好像放不开，守着发霉的橙子柠檬较劲，而爱丽丝，显然驻扎在无可救药的书呆子王国，写道：“锋利，残酷，尖锐，像匕首刺在我的嫩肤。”这句让尼基白眼一翻，并瞥了瞥琼以求确认，对方迅速以冷笑回应。

那种合谋的诋毁的眼色划过我的胸口，像针飞快一扎，我遂大声强调龌龊这个词包含的远不止恶心的物体，还有龌龊的评论、龌龊的想法、龌龊的人。这番话无人质疑，随后又交谈，哧哧讪笑，提问。我指示她们把作业写在一个笔记本上，叫她们回家以冷这个词继续练习快速写作，便下课了。

四人帮派率先而出，佩顿和埃玛尾随。爱丽丝在桌边磨蹭着，小心又忸怩地把书插入大帆布包。忽听到阿什莉用脆亮的嗓音召唤：“爱丽丝，你不来跟着?”（在明尼苏达州，跟着是一个允许不接名词或代词的介词）我朝爱丽丝看去，发现她脸色变了。她倏然微笑，收起桌上的笔记本，急切地奔向其他人。爱丽丝不加掩饰的欢欣和阿什莉的腔调合在一起，一小时内第二次触到我的痛处，身体上的触动超过理智上的。我被叫回，面对一个青涩、认真到没治的自我，一个不懂得以讥讽保持距离，也不擅长掩饰情感的女孩。你真是过于敏感了。女孩子之间两次微妙的交流，入夜时分还像恼人的老调儿在我的心上盘桓，我明白自己永不想再听。

女孩和她们绽苞的身体可能是当晚我实行计划的间接催化剂。它作为井井有条的途径来驱走每夜降临的魔鬼，它们挥舞着长短不一的刀子，统统叫做鲍里斯。超过半生与那男人共度，并不意味着没有鲍里斯之前的时期（从此处起称为鲍之前）。在那流逝已久的年代也有性，纵欲、肮脏、甜蜜、忧伤的年代。我决定在崭新的笔记本上列举我肉体的艳遇遭遇，用个人的色情史玷污白纸，尽力使之与丈夫毫无瓜葛。我希望，其他人会从唯一者挪开我的心思。

条目一：我六岁还是七岁？想来是六岁，不确定。

在泰迪维尔我叔叔婶婶家。我的堂兄鲁弗斯斜靠在沙发上。我要是六岁，他就十二了。其他家人，我记得，在周围进进出出。那是夏日。阳光从窗户洒入，尘埃在目，角落里风扇吹着。我打沙发前过，鲁弗斯把我拽到膝上，没什么大惊小怪。我们是堂兄妹。他开始摩擦我，确切说，在我两腿之间揉面一样揉弄。一种奇异而温暖的感觉袭来，一种隐约的性冲动，伴随着不对劲之感。我把手搁在他膝上，一推，从他怀里落地，漫步走了。这番飞车式抚摸肯定算我的首次性经验。我从未忘记。尽管丝毫未落创伤，它却是新鲜的，以挑引的好奇心刻入我的记忆。除了鲍里斯，我从未向任何人吐露这件事，我对它的看法定然契合弗洛伊德（更准确地说，詹姆斯·斯特雷奇①）所称的“延宕的行动”——年岁渐长，早年的记忆便生发出不同的意义。如果我没有赶快逃离，没能坚持自己的意志，性骚扰就可能给我留下伤痕。如今，这种事被看做犯罪，一旦被发现，像鲁弗斯这样的男孩就会入狱，或者接受针对性侵者的治疗。鲁弗斯长大后成了牙科医生，现在是移植方面的专家。上次见到他，他随身带着一本杂志：《移植学》。

① 詹姆斯·斯特雷奇（James Strachey，1887—1967），英国心理分析学家，因主编弗洛伊德著作全集而闻名。

条目二：在校车上，露西·庞普尔对我郑重地说："我知道要生孩子不得不做那个，可他们非得脱光衣服吗？"露西是天主教徒——颇具异国情调的一类人：焚香，长袍，十字架，念珠（都让人眼红）——她有八个兄弟姐妹。我向她的卓识深鞠躬。而我，另一方面，昏昏然瞅着那特殊的镜子，无话可说。我九岁了，心里非常清楚如果我用足了功夫去看，就会发现某种影像，可是向前盯视，我对所见懵懵懂懂。脱光衣服？

附加条：我答应不提，可按捺不住。那时他的头发是暗色的，几乎漆黑，下巴底下也没有软塌塌的肉。在匈牙利糕点铺，他坐在桌子对面，向我缓慢、明晰地解释他的研究，用圆珠笔在餐巾上画了一个模型。我探身看，顺着他画的一条线移动手指，又抬头瞧他。电流。他把手放上来，向桌面压我的手指，而我在两腿间感受到了。我觉得下颌松动，嘴巴张开。美妙无比，是不是，亲爱的？嗯，是不是？

——

我嘶喊，这么多年都让你占了先！你，从来不是我！是谁昏天黑地地打扫卫生做家务，马不停蹄地去采购？你做

过？混账的世界之主！崇拜阴茎的超人赶赴会场。知觉的神经元关联！真叫我作呕！

你怎么总是怒气冲冲？你的幽默感呢？为什么重写我们的生活？

我记得杂碎，零件，
一把无屋的椅子，
振翼的片语，尖叫，雾中风景，
唤起大卫·休谟的
脑中海马炮蹶，
他的自我苍白嶙峋如鬼
像我的。

亲爱的妈妈，

我天天想你。外婆还好吗？戏八月份结束，然后我来看你们，待上一星期。我喜欢演缪丽尔。她够拔尖的——很棒的角色，还是喜剧！大笑哄堂。我对弗雷迪说剧本很烂，可他一个劲派我去试那些变态虐死姑娘的电影。呸！戏院正费神筹钱，可在这种零丁零丁的鬼地方谈何容易。贾森还好，除了痛恨我的时间安排。

和爸爸一起吃午饭，可不怎么痛快。我特别担心你。你好吗？非常爱你。

你自个儿的黛茜

我给自个儿的黛茜发了封宽慰的信。

“你爸爸，和他过日子可不轻松。”母亲说。

“对啊，”我说，“看得出来。”

母亲坐在椅子上，抱着瘦巴巴的膝盖。我暗自琢磨，尽管流年皱缩了她，却也使她凝练，似乎余生锐减，导致剥净了脂肪——既是肉体也是精神上的。

“高尔夫，法律，纵横字谜，马提尼酒。”

“照这个顺序？”我冲她一笑。

“也许吧。”母亲叹口气，伸手摘掉桌上盆栽植物的一片枯叶。“我从来没对你提过，”她说，“可你还小的时候，我确信你爸爸爱上了别人。”

我深吸气：“他有风流事？”

母亲摇头：“没有，我不觉得有性关系。他是绝对的正人君子，可他动了情。”

“他告诉你了？”

“没有。我猜的。”

这就是婚姻生活的拐弯抹角，起码在我父母之间是这样。任何直接冲突都少得出奇。“但是他承认了。”

“不，他既不承认也不否认，”母亲抿紧了嘴，“他觉得太难了，你知道，对我吐露什么痛心的事。他会说：‘别，我说不出来，说不出来。’”

听着她的话，父亲的形象猝然跃入我的脑海。他背对我坐着，默默凝视火苗，脚底放着一本谜语书。然后我看见他躺在病床上，枯柴般的长身骨漂浮于吗啡，已神志不醒。我记得母亲触摸他的脸。先用一根手指，仿佛直接在他的身体上画着五官，丈夫面容那难言的轮廓。但她随即用手掌摁他的额头、脸颊、眼睛、鼻子、颈部，以瞎女人拼命记一张脸的劲头挤压他的肉体。我母亲，强硬而枯缩，双唇紧闭，眼睛急切切地大睁着，开始去攥他的肩膀、手臂，还有胸膛。我回避这种私密的对一个男人的索求权，这种占有逝去岁月的声明，掉头走出了房间。等我回来，父亲已经咽了气。死去的他显得更年轻，光洁而不可捉摸。她坐在暗处，腿上双手交叉。从软百叶窗，狭窄的光透了进来，在她的前额和脸颊划出条纹，而我感到敬畏，转瞬即逝的敬畏。

见我不吱声，母亲又说下去："我这会儿提这个，因为有时候我倒希望他大起胆子，去勾引她。当然了，他可能和她私奔，然后呢，他可能会腻烦……"她粗声吁气，拖长的呼吸战栗着，"他回到我身边，我是说，情感上，回到他最大可能的程度。这样过了几年——我们两人之间的疏离——后来我觉得他不再想她了，或者想起来也不动心了。"

"明白了。"我说。我的确明白了。暂停。我苦苦回想第一百二十九首十四行诗。开头是："在耻辱的荒漠里把生机挥霍，"接下来与情欲有关，"情欲在行动。"某一行出现了"嗜杀，血腥，饱蘸着过错……"

一旦得逞，便顿起厌腻之心；

什么，什么……然后：

疯狂于追求，继而疯狂于占有；
已占，现有，还要，走极端不止；
浸于极乐，浸过，却尝透了苦；
之前，谋个欢局；之后，一场梦寐。
这症候世人皆知，但没人清楚
如何闪避，这以天堂为前奏的地狱。

“妈妈，她是谁？”
“这个重要吗？”
“不重要，也许。”我撒谎了。
“她死了，”母亲说道，“她死了十二年了。”

当晚，转动钥匙，我发觉门的另一面有个存在物，一个沉重、凶险的东西，可触，活着，在那儿像我一样驻足，一只手举起。台阶上，我听到自己的呼吸，感到凉夜拂过赤裸的胳膊。从不远处，汽车引擎的发动声孤峭地钻入耳朵，而我一动不动。它也不动。不争气的泪水夺眶而出。多年前在家里的楼梯下我曾觉察到同样的沉甸甸的身体，一个等待的厄科[①]。我数到二十，又磨蹭了二十下，一鼓作气推门，开灯，结果只面对干泥地门厅合情合理的空荡。它走了。这东西并非迷信或隐隐的疑惧，而是渗入毛孔的确信。它怎么又回来了？幽灵，魔鬼，垂死者的魂。我记得对鲍里斯讲过等待的存在物，不可见却浓烈。他来了兴致，眼神晶亮。这得回溯到他喜欢我的日子，在他两眼发闷之前，小弟斯特凡去世之前。飞腾而坠毁的斯特凡，那么聪明，哦老天，那年轻的哲学家在普林斯顿把他们都镇住了，叫他们胆战心惊，而他乐意和我谈天，和我，不仅仅是鲍里斯。他还读我的诗，执我的手，结果一命呜呼，没能来那家他自己也住过的医院，拖着飞向天堂却落入阴曹的形骸把我探望。因为你干的事我恨你，斯特凡。你知道他会找到你。你一定知道他会找到你。你一定知道他会给我打电话，我会赶到他那里。刹那间，我看见地板上的一摊尿，掺杂着腻入木板的糊状粪便。不。

不要想那个啦。别想啦。继续揣摩存在物。

鲍里斯对我讲过那种存在物。卡尔·雅斯贝斯[②]，非凡的人[③]，称这种现象为“真实的意识性”[④]。还有哪个人，肯定是法国人，称之为结伴幻觉[⑤]。我少女时代就疯过吗？头脑颠倒

① 厄科（Echo），居于山林水泽的仙女，因爱恋那喀索斯遭到拒绝，憔悴消损，最后只留下声音。

② 卡尔·雅斯贝斯（Karl Jaspers，1883—1969），德国存在主义哲学家。

③ 原文为德语 wunder Mensch。

④ 原文为德语 leibhaftige Bewusstheit。

⑤ 原文为法语 hallucination du compagnon。

了一年？不，不到一年，几个月，残酷的几个月里我感到那东西在楼梯下等着。“不一定是疯了。”鲍里斯对我说，雪茄弄浊的嗓音一落，笑意浮了出来。听他讲，感觉中的存在物这种事，在精神病和神经病病人身上都发生过，也包括平平常常的人。是的，大群未诊断的无辜者，就像你这样的，亲爱的读者，你脑筋没裂没搭错也没崩溃，只是容易染一两个怪癖。

躺在沙发上，摆脱了存在物，我竭力在记忆中掘找六年级时遥远的残酷行为，保持“平静与客观”，像电视和烂书上所说的。有一个或者数个阴谋，这个词用在小丫头的行为上显得太隆重，可是策划者的年纪或者密谋地点真的重要吗？操场或者宫廷？普天下的人事不都如出一辙？

怎么起头的？睡衣晚会上。只剩断片。这个确凿：我不要呼吸，直到昏厥，大口大口吞咽空气，好把自己直挺挺撂倒在床垫上。真蠢，而且我叫露西灰白的脸给吓住了。

“别当胆小鬼，米娅。快来。快来。”窸窸窣窣的声音。

不。我不愿意。怎么会有人想昏倒？我感到太虚弱。我不愿发晕。

女孩子们在我跟前唧咕。对，我听到了却不理解。我的睡袋是蓝的，彩格图案。我记得很清楚。我累了，累极了。有种与瞄准有关的东西，瞄准某人，然后瞄准一把刀。隐晦的玩笑。

我和她们一起笑，唯恐掉队。女孩们笑得更凶了。我的朋友朱莉娅笑得最起劲。之后我睡着了。发蒙、浑不知情的小姑娘。

课堂上的纸条："AIM①，泥指甲，油红发。快洗洗吧，乳猪。"我一眼看出自己被扭曲的名字。Aim 中的米娅。

"我的指甲很干净，头发也是。"

阵阵笑声。一群人翻起的嘎嘎笑浪，将我卷入一个洞。别开腔。装聋，装瞎。

楼梯上被掐。

"不要掐我了。"

朱莉娅面无表情："你犯什么神经？我没碰你。疯了你。"

在女生的更衣室，又是鬼鬼祟祟的东掐西掐，我的"想象"。

洗手间的泪水。

然后，我通常不存在。

慢待，排斥，忽视，驱逐，流放，推出去。冷脸。用不搭理给你颜色。用孤立禁锢你。歇菜。

在雅典，他们确立了陶片放逐制度，来甩掉那些被怀疑聚揽了太多权力的人；这个词源自 *ostrakon*，意指"陶器碎片"。他们把构成威胁的人的名字写在碎块上。词语碎片。巴基斯坦的帕坦部落流放叛逆者，将他们打入一片茫茫蛮荒之地。阿帕切族无视寡妇。他们害怕突发的哀痛，假装因之受苦的人不存在。黑猩猩、狮子、狼都有不同形式的放逐制度，强行赶出太虚弱或者不规矩而为族群所不容的分子。科

---

① AIM 是米娅（Mia）的倒写，在英语中有"瞄准"之意。

学家称之为社群控制的“固有和适应性”的方法。黑猩猩莱斯特贪恋自己阶层之上的权力，企图与门不当户不对的阴性交媾。他不安分守己，最终被驱逐了。形单影只，他便饿死了。研究者在树下发现了他枯槁的尸体。阿曼门诺派称之为闪避①。一个成员若触了法，就成了闪避的对象。一切交流中断，众所背弃之人陷入赤贫，或者更糟。有人买车带生病的孩子去看病，但阿曼门诺派严禁驾车。违反之后，当权者宣布他被咒逐。无人认得他。老友和邻居对他视若无睹。在他们之中他不存在了，于是他觉得自己没影了。他畏缩于一张张木然的脸。他的姿势变了；他向内折拢；他发现自己吃不下饭了。双目失焦，对儿子说话时，他发觉自己嗫嚅不清。他找了个律师，起诉那些长者。不久，他的男孩死了。一个月后，他死了。闪避也以“慢死”为人所知。两个批准闪避的长者也死了。满舞台的尸体。

我那时候好像落入了恶的魔法之中，它的起源无法证实，只能猜测，因为罪行太小，又大多藏掖着：未曾发生的掐扭，谁也没写的刺人的纸条“你是大冒牌货”，我的语文卷子莫名其妙被毁，留在课桌上的画被一层涂鸦淹了，嘲笑和窃语，匿名电话，不搭腔的沉默。我们在别人的脸上找到自己，因此有一阵子所有的镜子都映出一个异乡人，一个遭唾弃、不值得活下去的外来者。米娅。我又拼凑笔画。我存在。

① 原文为德语 Meidung。

我一遍一遍在笔记本上写。我存在。我是米娅。我从母亲的书中发现了一本诗选，其中有约翰·克莱尔[①]的诗，《我存在》。

我存在：而我是什么，无人关心或者知道
　　朋友弃我如走失的记忆，
我是嘈嘈悲切的暗自吞咽之徒——
　　它们把忘却麇集，涌起又消失，
就像阴影，绞于爱那狂躁、窒闷的剧痛——
然而，我存在，我活着——像颠簸的蒸汽

跌入鄙夷和喧嚣的乌有之中……

我那时候压根不懂“悲切的暗自吞咽之徒”是什么意思。要是懂，兴许有帮助。一点反讽，孩子，一点距离，一点幽默，一点漠然。漠然是对策，可我没法在自身找到。实际的法子是逃走。简单。母亲安排好了。圣保罗市的圣约翰私立学校，寄宿的。在那儿大家理睬我，对我微笑，与我为友。在那儿我邂逅了丽塔，拖着长长的黑辫子，读《疯狂》漫画杂志的密谋者，埃拉、皮雅芙和汤姆·莱勒的歌迷。一人躺一张床铺，我们以颠簸不止的谐音一句句哼唱莱勒的

① 约翰·克莱尔（John Clare，1793—1864），英国诗人，以描写乡村景色的诗作见长。

《在公园毒死鸽子》(实际上，我为虚构的鸽子难过，但丽塔甜蜜的哥们义气压倒了恻隐之苦)。她淡棕色的双腿。我的则是白色起零星的雀斑。我的烂诗。她的好漫画。

我记得头一天母亲站在我们寝室的门口。她那时还很年轻，我记不清她的脸部轮廓，可我能回想起她离去之前忧虑而期待的眼神，还有我搂住她，把脸猛扎进她的上衣肩部，叫自己深呼吸。我想挽留她的气味——淡逸的脂粉、一千零一夜香水和羊毛杂糅的味道。

活在一个故事之中不可能猜出它的走向；它无形；词和物萌始的行进，坦率说吧：我们从未挽回曾经之物。大部分已烟消云散。然而，当我静坐桌旁，尝试召回不久前的那个夏天，我知道发生了影响后来的转折。其中一些就像立体地图上的隆起，但我那时还无力将其察觉，因为我的视野迷失在遥看有近却无的一刻刻经历的平坦之中了。时间不在我们之外，在里面。只是我们与过去、现在、将来共度，而现在迅疾得无从体验；它随后被记起，编入脑海的页面或者滑进遗忘。知觉是滞后的产物。六月初的某天，就在驻留的第二周，我浑然不觉地触到了一个小契机，我认为它是从隐秘的消遣中露出端倪的。

阿比盖尔安排我去看她的手工制品。她的公寓比母亲的小，乍一看，顿觉涌来了满格架的微型玻璃像、绣花枕头、墙上的标语（“温馨之家”）、家具上折叠的缤纷被褥。琳琅满目的艺术品几乎淹没了四壁和阿比盖尔自己，她宽松的长连衣裙貌似点缀着一只短吻鳄和别的生物。尽管布置得密匝匝，房间却透着洁净、刚刚掸尘的骄傲感觉，颇具我所期许的罗灵梅多斯天鹅之风。阿比盖尔再也站不直了，就弯着身子，用助行架灵巧地推动自己。她开门，侧着脑袋瞅我，空闲的手指了指助听器，目不转睛地盯过来。那助听设备不像母亲戴的那种：硕大，仿佛从她的双耳怒放出黑色花朵。粗绳由之垂落，我奇怪这些到底是为她的奇聋无比额外设计的，还是陈年的老古董。这玩意儿让我想起十九世纪的号角状助听器，尽管还没大到那般田地。她安顿我落座，给我饼干和一杯奶，好像我才七岁。然后，也不客套，递来两件为我择选的作品，摞在一起，搁到我膝上。她缓缓走向绿沙发，岌岌可危地维持住一个叫人不忍目睹的姿势，但她欣快、直接的神情缓解了我的不适。我拿起上面的一件。

“这个是老早的，”她开口道，“还不闹心。我顶多这么说了：起码这个还不闹心。摆弄完了，有些就叫我闹心，我只好把它们打发走，叫它们一头扎进壁橱。嗯，你觉得怎么样？”

我掏出眼镜，低头端详起似乎陈腔滥调的精巧场景：前景是一个毛毡剪图做的天使般的金发男孩与一头熊起舞，背景是沸腾的花朵图案。男孩头顶一轮挂着微笑的黄太阳。一派祥和，我心想。揶揄的表情属于比阿。但继续看，我留意到腻味的男孩后面，几乎没入叶丛的，是一个绣进布纹的极微小的女孩，躯体用暗色丝线织就。她以张开的巨剪为武器，挥舞着，朝一只熟睡的猫咧嘴狞笑。接着，我发觉她上方有一副若不留心就会误当成花瓣的张开的淡粉色假牙，还有一把灰绿色的万能钥匙。我继续探究繁叶中的形体，窥见一扇小窗里似乎透出赤裸的双乳，一些字紧随其后，那么小，我得把它们擎起来辨认：要记得，我的生命不过是一口气。我读过这句话，却想不起出处。

抬起头，阿比盖尔笑吟吟的。

“跟打眼一瞧不一样，”我冲着她嚷，“小女孩。牙齿。引文打哪儿来？”

“吼叫无济于事，”她大声说，“声音坚定洪亮就奏效了。《约伯记》。‘要记得，我的生命不过是一口气；我的眼睛必不再看见福乐。’”

我沉默了。

“他们看不见，你知道，”阿比盖尔歪起脑袋，捋了捋助听器的一根绳，“他们中的大多数。他们只看见想看的，糖，而不是胡椒和姜，要是你明白我的意思。连你妈妈都花工夫察觉到了。当然啰，这一片的视野可不够劲道。我做这个，哦，多年前在手工俱乐部开始的，设计自己的图案，可是开门见山行不通，于是我着手做我称为私密消遣的东西，场景内的小场景，幽秘内衣，要是你明白的话。瞅一眼下一个。有扇门。”

我把小毯子放在膝上，低头看黑背景上或黄或粉的针绣玫瑰，叶子是色调纷纭的绿。针脚无可挑剔。间或还有缝入花朵图案的微小的柔色按钮。没有门。

“有个按钮能打开，米娅。”她说。从她言语间发颤的嗓音，我感应到她的激动。

胡乱摸索了好几个按钮，我抬头看见阿比盖尔抓紧助行架，拼命抬身，第二次才离开座位，开始慢吞吞向我移动——助行架叩击，一步，叩击，一步。一到跟前，她紧临我的头顶垂下头，朝一个黄按钮指了指：“那个。拉吧。”

我透过一个孔推按钮，又拉动。玫瑰织品让位给了迥然一新的景象。我膝上呈现出另一幅刺绣品，而这一幅由一台庞大的灰蓝色真空吸尘器赫然占据，侧翼颇周全地贴着伊莱克斯的商标。这东西不沾地，在空中，操作这飞行器的是一个小得失调的、近乎赤裸的女人——只穿着高跟鞋——她在蓝天滑翔，驾驭长长的软管。这台家用设备正忙于吸食底下的微型小镇。我打量管口伸出的奇小的汉子的双腿，还有另一个被气流拔起、骇然张口的汉子的头发。牛，猪，小鸡，一座教堂，一座学校，都蓬飘而起，旋即要被饥肠辘辘的软管吞噬。阿比盖尔在这抽吸灾难上煞费苦心，每一形体、建筑都被精微的针脚表达得活灵活现。然后我看见写着邦登的蝇头小标语盘旋于吸尘器之嘴。我联想起工作的时日和必曾将她激励的愉悦，一种隐秘的愉悦，渗着愤怒、报复心，或起码间接感受的毁灭所带来的欣快。多少天，或许多少个月，流入这“内衣”的创造中。

一声咕哝冒出了我的喉咙，但我想她听不到。我看着她，点头，提醒自己不要大叫，而是一笑赞叹："棒极了。"

阿比盖尔慢慢走回沙发。我等待着，等她慢慢地叩击和踏步，等她完成以双拳攥助行架开始、以摇摇晃晃落座收尾的下降仪式。"五十七岁的时候做的，"她说，"现在力不从心了。手指头不配合，活儿太细了。"

"你得把它藏起来？"

她点头，微微一笑："我那时候疯得浑身长刺。做这个舒畅些。"

阿比盖尔没有详谈，而我自觉还是个外人，不便索问。我们默坐了顷刻。我瞧着老天鹅干净利落地大嚼饼干，用绣花餐巾抹去嘴角的几粒碎渣。几分钟之后，我说我得走了，见她向助行架伸手，就告诉她不用送我出门。然后，油然而起的钦佩使我俯下身，凑向她的脸颊，热情地一吻。

对他人我们真正知道什么呢？我寻思着。对任何人我们到底知道什么？

仅仅上了一周的课，我的七个女孩就从豆蔻衣饰和口头禅中脱颖而出，引起我的兴致。两个 *A* 女孩，爱丽丝和阿什莉是朋友。两人都聪明，读过不少书，甚至读一些诗，她俩在我眼前争风头。阿什莉稳健，相对来说爱丽丝则不。爱丽丝内向。有几次上课，她一边打磨诗一边心不在焉地抠鼻子。她倾心于生硬的浪漫主义意象——荒原，狂野的泪水，蛮荒的胸怀——说明她受勃朗特姐妹的熏陶，可是当她亮起饱含深情、却让伙伴们尴尬得扭动的腔调高吟她的作品时，听上去简直傻透了。不过，撇开虚饰不谈，她下笔合乎语法，也远比其他女孩写得复杂，其中有几句我由衷喜欢：寂静是善邻，我盯着胸怀块垒的自己走远。而阿什莉深晓怎么让大伙儿融融泄泄。她喜欢押韵，心仪说唱乐，以她的灵巧引伙伴们注目，比如，抓狂配互联网，餐具配研究。这姑娘拥有适合研讨会政治的绝对音高，按恰到好处的剂量给同辈们分配褒扬、慰藉和微妙的批评。埃玛不那么羞涩了，她把头发撩开，显出幽默感："严禁彩虹在诗中落脚。押韵杜绝你们与真，而狼吞与呕吐算合辙。"几节课后，佩顿放松下来，为自己的长腿另支了把椅子。和爱丽丝一样，佩顿的身体发育滞后于其他女孩，看上去青春期荷尔蒙的侵袭还未光顾。我断定她对此担心，却不由得想这方面的落后也不无好处。概莫例外，我都如此解读她短裤上的草渍，还有为什么老是马，而不是男孩闯入她的诗。杰茜[①]已形若小妇人了，但我嗅出她内心的激战。成熟的身体定然来得太迅猛，将其欢迎的阵营悉心打扮，发出麝香味，而敌方套上宽松的T恤，来遮掩似乎每星期都在匆匆生长的浑圆的乳房。她内心中起伏的别的一切，都躲在陈腔滥调后面。比如，"务必相信自己"和"纵然风风雨雨莫消沉"，这一类刮擦神经的

① 杰茜是杰茜卡的昵称。

蠢句子不绝如缕，很快我明白了这不仅仅是懒惰的习语，还是教条的支配，除非扭打一顿，否则她绝舍不得谁把它们撕扯走。她费了几番周折之后，我柔声建议她多斟酌措辞，却见她垮下脸来。“但是这千真万确。”她会拖着腔说。我让步了。有什么要紧？我自问。她多半需要这些口号来休战。尼基和琼形影不离，不过看得出尼基说了算。某天两人来了，都是白垩垩的脸，重眼线，黑唇膏，对这种试验我决定无视。万圣节行头却对她们的性情毫无影响，嘻嘻哈哈照旧。那迭起的吃吃笑只有她们看到屁诗传染开来的快活劲儿可比，而对我关于文学中粪便学的小讲座，她们反应热烈。拉伯雷。斯威夫特。贝克特。

我不会大言不惭，称自己洞察了七人的生活。一下课，手机眨眼之间蹦到她们的手上，我看见一个个拇指飞快地敲出短信，似乎一半是发给房间另一头的伙伴。某个星期二下课后，我收到阿什莉的电子邮件。

亲爱的弗雷德里克森小姐：

我得告诉你这课多么棒。我妈妈说我会喜欢的，可我一开始还不相信。她说得对。你压根不像别的老师，你像朋友。不，像天使。我收获良多。我觉得非说出来不可。而且，你的头发美极了。

你忠实的学生

阿什莉

随后是另一条发自陌生地址的信息。

我知道你的一切。你疯狂，错乱，脑筋脱节。

无人先生

我感到吃了耳光。我想起在医院病房的小图书馆墙上贴着 NAMI①的标语：同精神疾病的烙印作战。烙印②，由锐器刺成，伤口做的记号。很久以后，大约十五世纪，这个词也意味着耻辱的印迹。基督的伤痕，手足流血的圣人和癔病患者。圣痕③。我奇怪谁想匿名骚扰我——有何目的？知道我住院的人可能为数不少，而我想不出谁会寄这种信。我极力回想是不是把邮箱地址给了另一个病人，兴许是劳丽，悲悲戚戚的劳丽，趿着拖鞋，四处曳步，把日记紧揪在胸口，不时漏出呜咽声。也许吧，但不大可能。

当晚我躺在床上，因惯常的风暴而翻腾——斯特凡的纸条：太难了；暂停在实验室和我握手，莞尔一笑；记忆中床上的鲍里斯，他体内睡梦的重量；接着是他道出决定时阴云密布的脸；还有黛茜，淌着泪，呼呼哧哧地发颤，为爸爸离开妈妈而抽泣。我想起自己谜一般的父亲对另一个人的

① 指全国精神疾病同盟（National Alliance on Mental Illness）。
② 原文是 stigmatos。
③ 原文为 stigmata。

激情——疯狂这个词冲回来，我把它挥走，随即，阿什莉邮件中大写的天使从我紧闭的眼皮后面一瞬间浮现。我想起布莱克的天庭访客，里尔克的超自然馈赠的传说，《杜伊诺哀歌》的起句，又想起伦纳德，我在南单元的病友。他自诩为"无的先知"。他目空一切，振振有词，显然沉醉于自己洪亮的低音，谁走近就对谁倾谈。但别人都充耳不闻，不管病友还是员工。连他的医生坐在对面也是神色木然，我从大玻璃窗瞄见了这一幕。他却引起我的兴趣，那恢宏的呼吁确实光彩熠熠。我出院那天早上和他坐在公用区。他快要拂肩的灰白发卷旋绕着秃顶，顺应他的戏路。他向我转身，倾洒他的预言。他对我讲埃克哈特大师是虚无之先驱，影响了谢林、黑格尔和海德格尔。他说克尔恺郭尔的焦虑①便是遭逢了无，而我们生活在实现了虚无的时代，这是本质，是神秘。"虚无乃尘世的基石，"他挥一挥食指道，"接纳这个真理没什么不妥。"伦纳德或许疯了，但是他的见解根本不像医院权威所臆断的那样糊涂。他滔滔雄辩，阐释这都与佛教的更深层次有瓜葛，当我走向进门接我回家的黛茜，他的话锋切入歌德的《浮士德》以及他向母亲之国的下沉，与虚无的结合，那是我最后听到的。

孤独的人。他不可能是无人先生，对吧？出院后，我后悔没向他明言，对他的天马行空我至少能领会一二，可当时

---

① 原文为 angst。

我一心想着女儿的面孔。那是我所有的牵挂。

记得我是她，
在蛋白似的
房间里摇晃。
地下绳索——
曾叫做心的
暴烈曲线
于苦涩的此刻之口中
已失散。
“一团糟。”他说。

不，死结。
不是这或这些。
她独立，
我信。束之高阁。
把她关起来。
钝物。
把她关起来，
让她摇晃。

“亲爱的米娅，”鲍里斯写道，“不管我们之间发生了什么，了解你的情况对我总是至关重要的。也为黛茜着想，我们得保持联系。见信请给我回音吧。”多么入情入理，我心想，好个冠冕堂皇：保持联系。我真想咬什么一口。他显然在担心。住院第二天他来看望，那时的我病势正凶，妄想，幻听幻视，阵狂①，认定了他要偷走公寓，把我推到大街上，这就是和智停还有实验室其他科学家一起捣鼓的阴谋，而当他和P.医生坐在房间另一头，一个声音在说：“他当然恨你。每个人都恨你。谁也受不了和你一起生活。”接着又一句：“你的下场跟斯特凡一样。”我嘶号：“不！”一个护理员将我拖走，他们注射了更多的氟哌啶醇，我知道他们沆瀣一气。

他弟弟和老婆。可怜的鲍里斯，我听得到他们说。可怜的鲍里斯，被疯子围困了。我记得对清洁工费利西娅絮叨个不停。我记得把淋浴室的帘子撕下来，申斥阴谋，吼叫。我记得很清楚，但现在似乎我是别人，从远处瞧着自己。比阿来了之后病魔都撤了。可我把鲍里斯吓坏了，因为他在病房“刺激”了我，他们不愿意他再来探望。我盯了那信息许久，才回复道：“我不再发疯。我只是伤心。”像是真话，等我试图细说，添任何解释却都像一派虚饰。还要联系什么？鲍里斯要保持联系，真是啼笑皆非，简直没法忍受。

我不想谈。我刚醒。让我把茶喝完。回头再谈。对此我

① 原文为法语 bouffée délirante。

无话可说。这事儿咱们叨叨了一千回。多少次他撂下这些话？重复。重复，而不是认同。没有什么被确切重复，甚至词，因为说者和听者身上都起了些变化，因为一旦说了又说，重复本身就会改变词的意义。我在同一地板上来回踱步。我唱同一支歌。我嫁给同一个男人。不，并非真的如此。多少次他半夜接斯特凡的电话？年复一年的电话，救助，医生，还有将要扭转哲学乾坤的论文。然后是沉寂。十年没有斯特凡。他四十七岁去世。鲍里斯年长五岁，一次，仅一次，哥哥饮罢两杯威士忌对我耳语道，顶可怕的是，自己疼爱的弟弟自杀竟让他松了口气。随后他母亲——爱炫耀、扑朔迷离、惺惺自怜的多拉——死了，他就成了茕茕幸存者。两兄弟尚年幼时，父亲便猝死于心力衰竭。鲍里斯没有流露哀伤。相反，他遁入内心。我父亲怎么说的？“我说不出来。说不出来。”我曾渴望找到这两个人，不是么？我父亲和丈夫，往往躬身于侵权行为或基因方面的长篇专论，却对自身的痛苦一声不吭。“你父亲和丈夫有过不少投合之处。”S. 医生说。过去时态：有过。我看着那信息。我伤心。鲍里斯也伤心过。我添了一句：“我爱你。米娅。”

性日记并未带来我所期待的解脱。记录下向着一座突然成为攀爬之物的山峦进发的早年鬼鬼祟祟的手淫之旅；和 M.B. 的舌头探游让我一清早嘴巴灼痛，因为无论我还是该小伙都不敢再往偏南的领地历险；以及后来，J.Q. 不顾确乎衰弱下去的殖民地抵抗力，朝着胸罩和牛仔裤里的冒进，堆砌了我难以忽视的矫饰连连的味道。谁在意呢？我心想。但是，为什么这成熟女性向少女时代投以铁石心肠的冷眼？为什么人上了岁数只闷头冲向讽刺？我难道不曾长吁短叹、憧憬又啜泣？我难道不是在热烈而深深困惑，虽与M.B.及J.Q.冒险却仍云里雾里不知所以然的状态中失去了童贞？我记得通向二楼的木楼梯，一团团被单毯子，颜色或细节却流失了。只残存从窗外透进来的一缕灰蒙蒙的光，外面的树枝拂动，光线也随之拂动。有些疼，却没有血，没有高潮。

第二封信极简：

狂人。
某人先生。

尽管令人烦乱，但我决定不放在心上。这些邮件透着孩子气，能有什么杀伤力？石沉大海，发件人就会厌倦，乘他的筋斗云消失。他不比门后的存在更凶险——仅是感受到的缺席罢了。

我的左邻——在我的小草坪上露过脸的小哈珀的父母——时不时放声吵架。口角的内容几乎听不见。闯进来的是愤怒：她的锐叫，裂为抽泣时转换音区；他的高音咆哮——两者偶尔以哗啦一响助长气势。破碎声慑人，我发现自己在细察那栋房子和住户。小两口胖敦敦，脸色红润。我极少见到他。他早上驾丰田车去某家公司干活，有时数日不归，定是为工作四处奔波。年轻女人留在家里，照顾她的小哈珀和一个不超过六周大的婴儿——小不点儿还处在软嘟嘟、有个视觉刺激就发愣、吃奶、摇手晃脚、又咕哝又做鬼脸的阶段。我那会儿多么喜爱自家黛茜的变形记。一天下午，我坐在外头那把摇摇晃晃、成了读书家当的长椅上，透过灌木丛的缺口瞧见那位母亲。她抱着挣扎哭闹的婴儿，朝戴假发的三岁闺女猫下身，商量那晃眼发套的事儿，虽克制却也压不住火气了："一天到晚戴着怎么行。你的脑壳肯定汗淋淋的。你自己的头发呢？我简直想不起来它是啥颜色了。""没出汗！没出汗！"我放下读第六遍的《重复》，踱了几米远去帮忙。

我插手是为了滑稽发套继续恣意在小脑袋上。妈妈叫洛拉，哈珀其实叫弗洛拉，而穿纸尿裤的是西蒙，我和他又咿呀又点头微笑，很是惬意。我们四个后来在教授的庭院品起了柠檬饮料。我得知洛拉曾在斯维登堡学院主修艺术，做首饰卖，丈夫皮特在明尼阿波利斯一家公司上班，那地方持续裁员，令洛拉"有点心惊胆战"。他的确经常在外奔波，而洛拉很疲惫。她没提自己疲惫，但那张二十六岁的柔和的圆脸上写满筋疲力尽。我们坐在一起的时候，她自如老练地给西蒙喂奶，一面闪避弗洛拉打着关切的幌子、要把儿子的嘴从奶头扯开的捣乱举动。我试着向弗洛拉提问，使她分心。起初她拒绝回答。我对着她的后背和假发说话，一阵鼓动、接连发问之后，她变样子了，而我霎时观看起一场唧唧喳喳、载歌载舞的表演。“看我的脚！看我跳！西蒙不会跳。看，妈妈。瞧我！看，妈妈！”洛拉挂一丝笑瞧着，这时光头宝宝的眼睛一眨一眨，小胳膊打着颤扑空，然后潜回她的怀里，睡了。

鲍里斯回信了：

> 谢谢你的回复，米娅。我七月份在悉尼开会。会每天告诉你情况。鲍里斯。

没有爱回应我的爱。我推测为了共同的爱女，他希望把我俩的关系维系在彬彬有礼而冰冷的状态。一个闪念掠过：我闯进实验室，骤然打断他和暂停，在笼子之间飞奔。米娅，怒火不息的复仇女神，把所有受折磨的老鼠从监狱释放，幸灾乐祸地看着它们奶白的身体满地板冲刺。

课上到第二周，当我们八个绕桌子围坐，写作，讨论，我开始感受到女孩之间的使我不安的无形暗流。我知道这股暗流的拖曳力产生于课前课后，那段时间她们的生活与我无关，而那动态也归属于青春期之初所必需的秘密和联盟。她们互递的眼色、难以察觉的点头，有时令我生出隔着毛玻璃看一台戏的感觉。飘入耳中的零言碎语极其刻板，一种穿梭着像和太的原始戏谑，主要用于表露好恶。

像是为啥那么做？我的意思是，太弱智了啊。

嗯，真的？哦老天，你不知道这好像太不酷了吧？

你见过弗兰尼的哥哥没有？太帅了！

不是，蠢货，他十五，不是十六。

你看见她的包了？好像太次。

你说我同性恋！恶心。哦老天。

课前课后的几分钟，我漫不经心地听她们交谈的时候，常常觉得她们的话可以调换，毫无个性，一种大家约定的牧群信号。除了爱丽丝，她的措辞没有感染那么多像和太，然而就连她也落入女性早期的可笑、稚拙的腔调。但等每个孩子落了座，她顿时变得卓尔不群，除咒一般又会表达自己了。一点一点，她家事的片段浮出来，改变了我对她的看法。我得知阿什莉的家里有五个孩子，她三岁时父母就离婚了；埃玛的小妹妹患肌营养不良；佩顿的父亲住在加利福尼亚，她八月底要去看他，每年夏天如此。他是养马的家长。爱丽丝在邦登生活了仅仅两年，以前住在芝加哥。她老是念叨那个没影儿的大城市，难免惹得大家交换眼色。琼和尼基三年级时就成了很铁的朋友。杰茜卡的父母是某个派别的虔诚的基督徒，也许属于糅合了通俗心理学与宗教的新分支，我不确定。

我感觉她们的内心世界如经历一般迥异，为了一鳞片爪地摸索其中，我们开始以“隐秘自我”作诗。我介绍了外在知觉与我们的内在现实感之间的裂缝，有时误解能塑造我们与他人的关系，还说我们大多数人能感觉到隐藏的自我，而社会自我区别于孤独的自我，等等。我强调这不是自己年轻时玩的“真心话还是大冒险”① 游戏，也不是做练习来供认或者泄露我们想保守的秘密。我提议对比两个句子：你以为我……和而我其实……我们讨论了隐喻，用动物或东西代替形容词。

我夸奖了琼的诗行。

你以为我清汤寡水有点傻。
但是我的内心火辣辣。

埃玛将她的内在自我比作淤泥，但佩顿造出了最惊人的意象。她写道，在内心她是“从一扇门凿落的木屑，像地图上的岛”。朗读时，佩顿窄而瘦的脸显得紧张、心事重重。她迟疑片刻才解释。八岁时，有一次她躺在床上，父母吵得

① 游戏者通过猜拳比试，或轮流担任胜者和负者，负者必须选择“真心话还是大冒险”。若选择真心话，负者要如实回答胜者提出的任何问题（通常是令人尴尬的），否则必须做胜者所提出的通常也令人尴尬的事情。

非常凶。她父亲狂怒之下离去，门甩得太狠，一处松动，落下一块木屑。第二天早上，她把那块落木收了起来。我们沉默了数秒。接着我说有时一个小东西，甚至一丁点儿碎屑，可能意味着整个情感世界。“从那以后一切都不同了。”她平静地说。

下课后我向敞开的门走去，见阿什莉和爱丽丝在楼外的台阶上站着，谈兴正浓。我瞅见爱丽丝点头微笑，又递上一本书或者笔记本。之后，阿什莉迈到另一边，开始在手机上狂敲。我从她身边擦过，她抬起头，冲我浅笑：“这课真棒。”

“谢谢，阿什莉。”我说。

那一夜躺在床上，一场六月的暴风雨席卷了小镇，雷声贯耳，尖锐的开裂声像炸响接力，与上方的轰隆声相混，掀起不绝的回音。旋即是瓢泼大雨的匆迫喧嚣。我想起童年的暴风，想起早晨醒来看见树枝落满了街道。我想起旋风或风暴来前那中了魔般的沉寂，似乎大地在屏息以待，瘆异的绿色缀着天空。我想起这世界的浩瀚。

S. 医生说：“听起来你像是自得其乐。”

我震惊了。我怎么可能自得其乐？一个女人被丈夫抛弃，而且发了狂，尽管“短期”，她怎么可能自得其乐？

“你似乎拨动了你的那些年轻诗人的心弦。”（我听到吉他的弦一响——隐喻总是这样对我起作用，甚至最僵死的那些）“你似乎喜欢和母亲在一起。阿比盖尔听起来很有趣。你结识了邻居。你写得不错。你回复了鲍里斯的电子邮件。”她顿了顿，“我从你声音里听得出来。”

执拗着，我弄出不以为然的声音。

S. 医生等待着。

我揣想，会不会她说得对？我有没有在死抱着凄苦想法的同时暗地里自得其乐？隐秘的消遣。无意识的认知。丫头片片长着小毛卷卷，支棱支棱扣脑瓜儿。要是乖起来，她就乖得顶呱呱……“也许你说得对。”

我听得到她的呼吸。

“昨夜暴风雨，”我说，“很大。我喜欢。”我信马由缰，但这不错，自由联想：“好像听着我自己的盛怒，但这盛怒携着确实的力量，天际的巨大、雄性、神一样、威风凛凛、家长式的轰响，那种使走狗一颠一跳的雷霆之怒，摇撼长空的男中音咆哮。我几乎感到小镇晃动了。”

“你认为如果你的愤怒有力量，家长式的力量，你就可以将生活中的事物调整得更加投你所好。这是你的意思？”

这是我的意思吗？“我不知道。”

“是不是可能你觉得你父亲的情感有控制力，控制你母亲、妹妹和你，而你总是跟着他的情绪转，尽量不惹他生气。而且你的婚姻也给你同样的感受，也许重现了同样的故事，与此同时你越来越生气？”

老天，这女人很敏锐，我暗地想。我小声、温顺地道了个“是”。

—

再尝试写性爱条目：

开始于图书馆的康德。图书馆是春梦工厂。倦怠感撩拨。身体必须调整姿势——叠起腿，用手掌撑住，伸展腰——但身体白费劲。埋头阅读和抬头撩拨；心绪撂开书本，朝真实或虚构的大腿、胳膊肘蜿蜒。书架的幽暗以暧昧的暗示撩拨。纸和装帧的干燥味、很可能是老胶水的气息撩拨。康德的这本不难——《实践理性批判》，比《纯粹理性批判》简单得多，可我二十岁，《实践》够难了。他向我倾身，看那是什么书。他温暖的呼吸，他的胡须，很近。B. 教授穿白衬衫，差一点儿就和我肩碰肩。我整个身体僵硬，不出声。接着他低声读，可我只记住了**监护**这个词。他念得很慢，一字一顿，而我是他的了。收场糟糕，如他们所言，不管他们是谁，但我脱衣时他那盯视的眼睛——不，**先衬衫。现在脱裙子。慢慢来**——他的长手指移入我的阴毛，又退出来，逗弄我，笑吟吟地，激起火燎之感——关了门的图书馆里这些淫乐，我将其封存于记忆。

“乔治死了，”我母亲说完，食指在嘴上摁了片刻，“今天早上他们在洗手间的地板上发现了她。”

“可怜的乔治，”雷吉娜叹道，她噘起了嘴，“我怀疑自己能不能活到一百二。你要是仔细想想，哪怕一小会儿，这真是不同寻常。”

人们仔细想了一小会儿吗？

“我的腿不争气，”她接着说，“你知道，我从来没听说自己得了什么。医生叮咛，要是不小心，哪天这就会直奔你的大脑、肺或者别的部位，然后你立马倒毙。”她的眼角湿了：“假如我忘了华法林[1]，好吧，我就蹬腿了。”

“她逢人爱讲自己的岁数，”阿比盖尔一只手放在桌沿，支住弯折的身体，她转头看我，“一点都不厌烦。她的大女儿七十九了。”她吸了一口气：“好像每天都有人走。此刻活着，下一刻便死。”

佩格打量桌子上自己的双手。它们斑点密布，纵横着暴起的青筋。“她和自己的造物主在一起了。”佩格嗓子眼里含着真切的颤鸣，像鸽子的喉音。“还有阿尔文。”她补了一句。

“上帝救她逃出阿尔文的魔爪吧，除非他们在天堂把那男的另造一遍，”阿比盖尔截然说道，“那是我见过的最鸡蛋里找骨头的暴君。他的笔一定得这么摆，间隔一英寸；他的领子一定得熨平、熨平、熨平。还有床，老天，床和床的角角落落。乔治摆脱他算运气好。二十七年少了那个秃顶、叫

---

① 指抗凝血剂。

人恶心的独裁坯，才享了清福。”

“阿比盖尔，这样子谈论死者不妥当。”佩格说，嗓音悦耳，抑扬顿挫。

阿比盖尔没听。她从桌子底下把一张纸条按到我手里。我攥住了，塞进口袋。

我母亲摇摇头：“我从来不觉得，人死后把他们变成道德模范就是妥当的。”

我咕哝着表示赞同。

“没什么错吧，这样抱乐观态度。”佩格的嗓子在倒数第二个词上升了一个八度。她莞尔一笑。

“一点没错，”雷吉娜用她古怪的南腔北调说，“拖着我的腿我得保持乐观，抱着希望。还能怎样？要是突然发作，那就完了，直冲脑袋或者心脏，当即毙命。”

我们坐在娱乐室，绕着桥牌桌。夏日的光从窗户透进来，我望云，有一朵似烟圈袅袅而升。我听到走廊深处的某个地方，烘干机在颠簸衣服，还有一辆小型摩托车的低声轰隆，再无动静。

四只天鹅。

米娅：

我还有更多的东西给你看。星期四合适吗？

你的，

阿比盖尔

每个字的笔迹都颤颤巍巍，但很用心。我想起母亲曾说过：“变老不错。唯一的问题是，你的身体散架了。”

“你的诗脑筋错乱，”我的匿名折磨者写道，“无人能解。无人想要那样一坨扭绞的狗屎。你以为自己是谁？！#*

无人先生。”

——

这信我读了好几遍。越读越觉得匪夷所思。重复的无人之后紧接着那个化名，无人，似乎他，无人，确实理解，确实想要扭绞的狗屎。你以为自己是谁？在此情况下完全成了另一个问题。滑动的意义。这幽灵不大像在反讽，拿“易懂”诗歌的新词开某种高级玩笑，或者用扭绞的狗屎和脑筋错乱做文字游戏。除非是伦纳德从南单元放出来了，出于他自己什么乖觉的理由滋扰我。的确，多年来我为几乎无人问津或者理解的工作呕心沥血，我的孤立渐渐钝痛，而我向鲍里斯慷慨陈词，抨击我们这肤浅、败坏、恶意反智、尊崇平庸、瞧不起诗人的文化。纽约的惠特曼大街在哪儿？我一个劲嘟囔那些诗人的写作对象就是美国所剩寥寥的半瓶子醋，他们还肯抬眼瞥一瞥《纽约客》上一两行虚弱的诗，然后沾沾自满于自己刚刚啃过一点与草坪、旧手表、美酒有关的“复杂”诗歌情感或机智的碎渣儿，因为那毕竟是上了杂志的。摒弃越积越重，如黑胆汁沉腹，一旦涌出，红发女诗人就来一番悬河长论，徒然斥责对她有眼无珠的浑浑噩噩之辈、权威人士和文化制造者，而可怜的鲍里斯与她 / 我的声嘶力竭的啸鸣度日。鲍里斯，对他而言一切冲突皆是诅咒，对他而言扯起嗓子、激情的呼喊好似砂纸磨着灵魂。妄想症追逐摒弃之行为。在病房度过的失心疯的日子，我难道不是妄想症患者？他们密谋害我。此刻屏幕上的这些话，无人的话，撤换了我头脑里指责的声音。每个人都恨你。你一无所成。难怪他离开你。好像无人先生清楚，好像他明白该朝哪儿出击。我想起乔治，同一个早晨躺在洗手间的地板上死去。豁然间，未来变得旷大而荒瘠，而怀疑——不断蚀心地怀疑自己的诗乃狗屎、垃圾，一路苦读并未通向知识，却沉入莫测的遗忘；我，并非鲍里斯，才应该为暂停受谴责；以及我真正伟大的作品，黛茜，还不如我——这一切怀疑似乎历历可触。如今在更年期，被抛弃，被忘却，形影相吊，我一无所剩了。我把头搭在书桌上，凄苦地想起连桌子都不是自个儿的，不觉潸然泪下。

哽哽咽咽了几分钟，忽地感到谁的呼吸轻拂胳膊，便缩了一下。弗洛拉和长颈鹿儿站得很近。孩子的眼睛关切地圆睁着。一绺她自己的浅褐色头发从假发下钻出来，嘴巴周围不知道给什么东西染得粉红。我们面面相觑，谁也不吭声，可我觉得她用科学家，或许动物学家的冷峻眼光观察着我。她用清醒的注视剖析整头动物，思索它的行为，而后，一言不发地行动了。她举起长颈鹿儿，把它递给我。一点都不清楚这姿势意欲何为，我没有接住，而是用手背擦了擦眼睛，轻拍那脏兮兮小兽的脑袋。

顷刻之后我听到洛拉焦急地高喊她的女儿，于是，拉起弗洛拉的手——她大方、利索地接受了——我领着她走到另一个房间，迎接敞开的纱门外的洛拉和西蒙（在婴儿背带里）。我见她打量我的脸；成了什么面目我可浑然不知——兴许是眼泪和睫毛膏涂抹的狼藉红灰色——而她的眉头皱了一瞬，表示同情。她这会儿衣着凌乱，简直邋遢，毛边牛仔短裤，粉色三角背心，自制耳环，耳垂悬下两只金色鸟笼。她将褪了色的头发扎在后面，我便留意到越过鼻头的一点晒伤。我记得这些细节，因为我旋即明白见到她我有多么欣喜，情感不由得凝结在相遇的特别之处。那时大约晚上七点半，皮特又出门了，她正要带孩子们上床睡觉。接着，她笑盈盈地说打算开一瓶酒，吃她当天做的蛋奶火腿蛋糕，很乐意我和她共享。我满口答应，那兴冲冲的劲儿差不多在任何别的情况下都会让自己尴尬，这时却显得“顺理成章”。母亲在读书俱乐部，正对着各种奶酪讨论奥斯丁的《爱玛》，我也没有别的约束。

于是那天晚上我们与双份的就寝时间周旋。就我来说，这牵扯一套复杂策略，如何轻摇、颠动、偶尔抖晃刚吃过奶的西蒙，他似乎肠道那块儿起了阵发症。红润的小家伙不安地蠕动，往我肩上吐奶，然后，一阵九牛二虎之力，又爽快一推，把一团奶油般的黄屎拉进尿布，而我欣然清理，顺带观察他那小巧玲珑的鸡鸡和茁茁紧要的睾丸，再给他的屁股裹起帮宝适纸尿裤，找了把摇椅坐下，边晃边唱摇篮曲，将家族的小后代付诸摩耳甫斯①的臂弯，更确切地说，膝盖。这当儿洛拉也与弗洛拉鏖战，这未满四岁的饶舌小疯子磨磨蹭蹭，声东击西，揪着托马斯·布朗爵士所称的“死之兄弟”②讨价还价。她英勇地、万分英勇地与瞌睡虫斗争，用尽了诡计：睡前故事，一杯杯水，再来一支歌，直到她也因苦战筋疲力尽，垮下去，蜷起的食指指节吮在嘴里，另一条手臂松开，横过紫色大恐龙图案的床罩，而长颈鹿儿和它的哥们——从昏睡武士脑袋上窃取的一头过氧化氢漂白兽，还在床边小几上守夜。

好几个小时，洛拉和我吃蛋糕，慢慢喝高了。她躺在沙发上，鸟笼溅出光线，晒黑的、浑圆的腿向前摊开。她时不时晃动脚板有点脏的光脚，像是提醒自己它们还咬合着踝关节。到了十一点，我发现皮特很难伺候，“虽然我爱他”。洛拉得知我的婚姻触礁。一两滴泪从我俩的鼻翼滚落。我们也打趣自己的难题，咯咯大笑他们共通的习性——臭袜子被叵测的男性分泌物弄硬，尤其在冬天。这姑娘笑得明媚，深醇而惊人，从肺底下运声一般，而且她坦荡的说话方式也让我着迷。与这明尼苏达州的女儿，没有兜圈子的交谈，没有克

---

① 希腊神话中睡梦之神。

② 托马斯·布朗爵士（Sir Thomas Browne，1605—1682），英国医师，作家。“死之兄弟”指睡眠。

尔恺郭尔式的反讽。“但愿我知道你知道的东西，”她冒出一句，“我本该下功夫学习。现在拖家带口，没空了。”我咕哝些陈芝麻烂谷子的话，但实际上，那晚对话的内容无关紧要，关键是我们之间连起的纽带，一种两人都盼望延续下去的同志情谊。未言之物指挥这个夜晚。我们告别时拥抱，一阵酒精怂恿的热情之下，我捧起她的圆脸，诚心道谢。

人类感情的无常从来不失滑稽突梯。单单一晚，须臾转变的悲欣令我怀疑自个儿的性情是口香糖做的。我落入自怜那丑陋的深处，勉强高过更为狰狞的绝望低地。接着，弹指一挥间心猿意马，翻身跃上母性的高蹈之巅，沉湎其中，颠摇、轻抚借来的邻家小人儿。我美餐一顿，痛饮好酒，搂抱了一个近乎陌生的少妇。简言之，我完全乐此不疲，巴不得再来一回。

—

获悉我们的大脑并非那么截然不同于我们的哺乳纲同类——老鼠，你大概也不会吃惊。我自己的老鼠侠毕生捍卫一个跨物种的皮质下的原始情感自我，宣告我们共享的头脑区域和神经化学。近年来他才开始将这核心点与反射、映照、自我意识的更高层次的难题联系起来——用于猴子、海豚、大象、人类，还有鸽子（最近）——发表论文论述我们称之为“个性”的神秘物的五花八门的系统，以现象学，以清晰的梅洛-庞蒂和更晦涩的埃德蒙德·胡塞尔的语句加深他的领悟。蒙他妻子的协助，她陪他一步步穿过哲学，必要时躲到黑格尔、康德和休谟那儿（不过老头子对他们的需求锐减，他的兴趣在体现，是的，肉体①，身体表象②），细读每个词，苦心纠错，梳理文脉。不，你悲叹道，不是她，不是那个小身骨、红发卷、酥胸可人的她！不是那个女诗人！是的，正是如此，我郑重其事地告诉你。伟大的鲍里斯·伊兹措维奇频频劫掠自己老婆头脑里的主意，甚至承认过她的贡献。如何呢？如何呢？你说。难道那不对劲吗？不对劲因为他们不相信他。他是哲学王和耗子科学的头儿。亲爱的读者，我问你，究竟有多少男人在一长

① 此处为德语 Leib。

② 此处为法语 schéma corporel。

串同事和基金会的名单末尾为这样那样的服务感谢他的妻子?“若没有我的妻松糕·泡菜坚定的支持与无可估量的耐心，以及我的孩子小吉米和八糟·泡菜，这本书绝不可能问世。”

若没有我的妻米娅·弗雷德里克森的对称额前脑皮层，这本书就不存在。

“那个时期过去了，”我问母亲生活中的男人时她答道，“我不想再伺候哪个男人了。”她说这话的时候，我正在后面给她按摩脊背，只看见她剪得齐刷刷的白发的线条。“我想念你父亲，”她说，“我想念我们的友爱和交谈。毕竟，他能谈天论地，可是，不行的，我瞧不出现在去跟谁交往有什么好处。鳏夫再婚，可以让日子好过些。寡妇大多守寡，因为再婚生活更艰难。雷吉娜算例外。我猜她需要惹人注目。她见谁都卖俏。”

我的手指轻按她的颈部，她低了下巴，讲了一段经历，继续两性关系的话题：前一晚从读书俱乐部回来，她碰见了奥斯卡·巴斯勒，罗灵渐次减少的男性居民之一。尽管漂泊不定的年华已逝，奥斯卡仍运动不懈，借助一辆电动小摩托为自己提速。巴斯勒沿着走廊在母亲身旁嗡嗡，和气地闲聊，一边朝她公寓的方向走。到了门前，她停下来取包里的钥匙。那男人肯定从摩托把手松了拳，猝然前冲，因为母亲吃惊地发现奥斯卡贴在了她的上腹部。他双臂紧紧缠住她，脑袋就在她乳房下筑了巢。以同样的猝不及防，也许更蛮的劲儿（她一周练两次举重），母亲从强加的拥抱中挣脱，冲进公寓，砰地甩上门。

随后我们讨论了一会儿精神错乱有时引起的抑制解除。母亲坚持说那男人“神智没毛病”，是别的地方需要约束。接着，她用罗伯特·斯普林格的掌故来衬托奥斯卡·巴斯勒的故事。她在圣保罗参加宴会，遇到了我父亲法律界的老熟人斯普林格，他“魁梧俊朗”，“一头潇洒美发”，有夫人陪同。这次邂逅绝无暴力，握手伴着意味深长的眼神。那会儿，按摩结束，母亲移到一把椅子上与我面对面。她举起两个巴掌，做了个敞开的姿势。“他握得时间太长，你明白，比合乎礼节长那么一点。”

“怎样呢？”

“我差点晕了。他手的压力掠过我全身。我的膝盖软了。米娅，很美妙。”

是呀，我想。电流。

……抬起你的白指头
裸呈我，将我轻触，
轻轻地，轻轻于通体。

脑海中的劳伦斯。将我轻触。

母亲瘦削、多皱的脸若有所思。我俩的心思浮动在平行的路上。她说："我特别在意触碰我的朋友，你知道，拍一下，拥抱。成问题了。在这种地方，很多人触碰得不够。"

丫头们身体不适。可能因为酷热。里头凉快，但外面是闷热的沼泽气候。爱丽丝尤其蔫蔫的，褐色的大眼睛蒙着黏液。我问她是不是不舒服，她说过敏症犯了。她们聊社交网站，提起男孩的名字：安德鲁、肖恩、布兰登、迪伦、扎克。我听见好几次"回头在游泳池"，"比基尼"，窃窃纷纷，嘘声。但是在蠢蠢欲动地期盼与异性相逢之外，她们之间还添了紧张，并非不激动，而是那骚动，无论如何，有一种透不过气、弥漫嫉妒的氛围，给我的感觉像屋外的潮湿一般确凿。特别是尼基，她显得心浮气躁，动不动就吃吃傻笑。杰茜的淡蓝眼睛里盛满了暧昧意味，她对埃玛耳语了一个词，可我辨不出来。佩顿频频把头耷拉在桌上，好像受到睡病的袭击。尽管表情模棱两可，阿什莉一直端坐的姿势透着僵硬，而且一小时内给已经亮闪闪的嘴涂了三回唇彩。埃玛也似乎沉浸于某种摸不清的、半压抑的玩笑。我强烈地感觉到这一切之下藏着什么名堂，但是我眼前的手稿字迹累累，已模糊难辨。

继续上课，我不得不敛起怒容。尼基胖乎乎的脸、闪烁的眼影和浓浓的睫毛膏，两天前还让我喜爱，现在看起来只觉得呆头呆脑。琼不易察觉的微笑和相似的妆容刮擦而非取悦我的神经。她们写关于色彩的诗那会儿，我不得不提醒自己，她们有的还不满十三岁——自制力有限，我若任自己格格不入，整个课程就败坏了。我也清楚，自己对桌边气氛的微妙起伏超级敏感，再加上自身与她们同龄时的心酸经历，容易扭曲我的认识。多少回鲍里斯说过：“米娅，你太夸张了，见风就是雨。”而多少回我看见自己把瘪气球叼在唇间，缓缓吹出个大梨或者长熏肠，从一物变作另一物？不，同一物，只不过更大：更多空气。

紧随算不上沉闷至极的关于颜色和情感的讨论——苦涩、刻薄的绿，愁郁或抚慰或辽阔的蓝，热、呼喊的红，迸溅的黄，空茫、寒冷的白，动肝火的褐色，慑人、死气沉沉的黑，飘逸、发甜的粉红——她们离去了，而我，自封为成年间谍，站在小建筑前面湿热的台阶上张望。

在我眼前，那儿展开一种舞蹈，推搡、活泼泼的亦进亦退的曳步舞，或两人，或三人、四人。我看得到，仅数码外那一小片房屋尽头，五个男孩兴高采烈地你捶我打，推推挤挤，互使绊子，一面嚷嚷着。“他妈的，你抽啥筋哪?”“把你的爪子拿走，搞基呀!”除了一个例外——一个穿宽短裤、棒球帽倒扣的高大男孩——他们是没长开的爱神，比大多数女孩子矮多了，但是五个人——包括那个鹤立其中的男孩——都投入一种貌似笨拙、睾丸素滋养的团体操之中。这当儿，我那七个也进入表演模式。尼基、琼、埃玛和杰茜尖声扬起不自然的笑声，不时回头瞥一眼她们粗短的追求者。

佩顿的倦意似乎一扫而光。我瞧见她蛮横地插身于尼基和琼之间，斜倚着，向尼基嘱耳了什么想法，立刻激起后者又一声锐叫。阿什莉，麻秆一样直，胸高扬，向前突耸，微微扭了两次脖子，把头发甩到背后，这才走向爱丽丝托付秘密。后者入神听，随即，我又看到埃玛瞟了瞟阿什莉。眼神闪烁，诙谐，但我也读出里面掠过的一丝忐忑、奴颜之色。

当她们三三两两溜达着走向街角还在闹腾的蛮子，我心里同时涌起怜悯和恐惧——怜悯，很简单，因为我回想起的并不是哪个特定的日子，或者特定的男孩、女孩，甚至不是我被朱莉娅及其跟班推出去的阴郁时期。确切点说，我回想起那个生命阶段，当时大多数重要之物都可以用一句“另类孩子”来概括，而这激起我的怜悯。恐惧更复杂。克尔恺郭尔在日记中写道，恐惧是一种诱惑，他言之有理。恐惧吸引人，我可以感到它的牵力，但为什么呢？我实际上看到或听到了什么，在心中产生了这种微弱而确切的牵引？感知从不被动。我们不仅是世界的接受者；我们也主动地制造它。一切感知都具有幻觉的特征，而错觉易于被创造。连你，亲爱的读者，也会因为英姿飒爽的神经科医生从撸起的袖子或白大褂口袋里要弄的几个把戏，而轻易信服了一条橡胶胳膊是你的肢体。我得问自己，我的情况，来自“真实”生活的我所不欲的暂停，我自己的精神病愈后的状态，是否也以茫然不觉和不可预知的方式影响了我。

那个星期四，阿比盖尔给我展示了另外的两样消遣：

一件绘花的手织茶壶保暖罩，翻出来，就会暴露织锦衬里上的母怪兽，她们糊满眼眵，鼻孔喷火，胸前配矛，爪子如长剑。

一条长长的绿色桌面饰布，绣着白色的圣诞树。倒过来打开拉链，呈现出（从左到右）黑背景上五个精描细绘的手淫女。(俄南①，不光彩的《圣经》人物，因为把精子遗在地上而惹祸。细瞧这一排纵欲者，我思忖这个术语是否能用在我们这些无精子却蕴含卵子的女人身上。当然，我们大肆浪费那卵子，每月随着几天的流血把它们排出去，可大多数精子也一无用处，这个想法在别处细加考虑吧）

窈窕淑女斜靠着安乐椅，在张开的双腿间颇具策略地晃动一根羽毛。

浅黑皮肤的女士躺在床沿，腿举到空中，双手埋在凌乱的衬裙下。

壮实的红发女骑在高空秋千的横杆上，头后仰，因高潮张着嘴。

淋浴喷嘴下露齿的金发女郎——水花用光洁的蓝线缝制成扇形。

最后，白发老妪裹长睡衣躺在床上，双手隔布紧压着生殖器。末尾人物彻底改变了作品，四个更年轻的寻欢者的滑

① 上文中的手淫者（Onanist）一词即源自俄南（Onan）。

稽感顿时辛酸起来。我琢磨自慰的孤寂，想起自己孤孑的安慰。

从自行淫乐的女人的织锦抬起头，迎面阿比盖尔的表情既狡黠又哀伤。她说只给我一人看过这些手淫者。我问为什么。她唐突了一声“太冒险”。

奇怪的是，我那么快习惯了这女人折刀般的姿势，交谈时对此那么不在意。然而，我发现她的手比上次见面时抖得更厉害了。她说了三次除我之外无人见过“饰布”，好像是为了确定我不会走漏风声。我说不经她允许我不会讲出去。阿比盖尔尖锐的眼神给我这样强烈的印象：选我以艺术秘密相托不是心血来潮。有缘故，她自己知道。不过，她不怎么解释，那天下午只是和我品着柠檬曲奇和茶，漫无边际地聊天，从她一九三八年纽约游对弗里克收藏的喜爱，到妇女获选举权时她六岁，又提起她那个时候给美术老师提供的物资多么匮乏，她不得不自己掏腰包或者亏待学生。我耐心聆听，意识到尽管她只谈些鸡毛蒜皮的事儿，语调里的迫切却把我留在座位上。这样一小时之后，我感到她累了，建议另约时间。

分别时，阿比盖尔攥住我的双手。她的手力道虚弱，颤抖着。接着，她把我的手举到唇边，亲了亲，又向一侧转头，脸颊紧压我指关节的皮肤。到了门外，我斜倚着走廊的墙，感觉泪水涌了出来，但为了阿比盖尔还是自己，我不晓得。

我知道皮特回来了，从他的嗓门。既与洛拉结交，那噪音更叫我难忍。我坐在后院椅子上，刚和黛茜在电话上絮絮长谈过。我的崭露头角的喜剧演员有个善良但占有欲太强的男朋友，他“不工作的时候想时时刻刻和我腻在一起”。她打电话来是需要探讨交际手腕。黛茜想找个万无一失的办法告诉他，“我需要自己的空间”。我说她刚用的句子听起来并不伤人，她哀叹道：“他恨那么一说。”皮特也恨什么事，好在数分钟后他的咆哮偃旗息鼓，隔壁安静下来。也许格斗双方转入交媾中无言的推挤和闪避。我父亲不吼叫，鲍里斯也不，但沉默也有威力，有时威力更大。沉默拽你面对那男人的神秘。出了什么事？为什么不告诉我？你是喜是悲还是生气？跟你我们得小心，小心翼翼。你的心情是我们的天气，而我们盼着老出太阳。我想取悦你，爸爸，玩游戏、跳舞、讲故事、唱歌，逗你笑。我要你看到我，看到米娅。*存在就是被知觉。*①我存在。跟妈妈多么随意，她捧着我的脸，与我目光交织。她也因为我的添乱、颠三倒四、哭鼻子和冲动朝我嚷嚷，然后我内疚得很，而不怎么费神就能让她回心转意。和比阿也一样，可是你太远了，我找不到你的眼睛，即使找到了，它们也转而向内凝视，在那精神的天空布着阴霾。哈罗德·弗雷德里克森，律师。我四岁时在家里闹

① 原文为拉丁语 Esse est percipi。

了个大笑话，我这样背主祷文："我们在天上的父，愿人都尊你的名为哈罗德。"① 还有鲍里斯，对，鲍里斯，丈夫，父亲，父亲，丈夫。拖曳力的重复。出了什么事？为什么不告诉我？你的沉默将我拉到跟前，可你眼里都是阴云。我想撞翻那凝视的壁垒，冲锋而过，去找你。我是圣餐的战斗之灵。但你害怕被攻破，或者，可能害怕被吞掉。魅力四射的多拉，身段妖娆的母亲，阴柔的千姿百态和琳琅装备沉甸甸压着她，绷脸、呢喃、扑闪睫毛、耸肩、暗示、脑子发酵的技巧，让她稳得所欲。我能听到她的金手镯叮当作响。她多么疼你，她的小冤家，她的乖小子，她的宝贝，可那种爱里有种倒胃口的东西，戏剧化和自私的东西，对此你心知肚明，一等翅膀硬了，你便和她划开安全的界限。斯特凡心知肚明，而且他也晓得对她来说，凡事他都是第二位的。父亲在天上的两个男孩。正是这样，鲍里斯，我们携着他们——各自的父母，走向彼此。暂停也是，肯定有父母，但我不能想她。我不愿想她。

门后存在物来了又去。它在那儿，随即又不在。每次察觉到它，我都劝自己迈步，用理性降服这强劲的感觉。我继续把存在物想成无人先生的无言版。那厮还是定期发信，只

① 应为"我们在天上的父，愿人都尊你的名为圣。"在英文中，"哈罗德"（Harold）与"为圣"（Hallowed）读音相近。

不过从骚扰的刻薄鬼的口气变成了边缘哲学家的，这更让我怀疑起伦纳德。“现实是非物质的，由事件、行动、潜力构成。考虑一番改变了心灵世界的神秘的主观性，芝诺效应！把这个转告给伊兹措维奇，你那不忠的伴侣。你的，无人。”

一见提到鲍里斯，我便心烦意乱，匆匆敲了个回复发出去，马上又后悔了：你是谁？想从我这里得到什么？

“我嫁给他的时候就知道他脾气坏，”傍晚洛拉说道，这会儿西蒙在她膝盖上打盹，弗洛拉从碧绿的小充气游泳池里跳出又跳进，“可我那时候没孩子。现在弗洛拉怕极了。”这三句似乎在我俩之间的热空气中浮荡，搅得我伤心。我想说，*但是他不打人，对吧？他不动粗吧？*问题冒出来又沉下去，我终究未置一词。洛拉穿绿泳装，戴太阳镜、棒球帽。她的躯体还未尽失怀孕时的膨胀比例，双乳被奶汁撑大。她是个敦实丫头，但在我眼里很迷人。我猜是年轻的缘故——光洁的皮肤，曲线，无皱的脸，加上灰眼睛、微塌的鼻头、丰满的唇——她身上无一处屈服于岁月，没有褐斑、暴起的青筋、皱纹或松垂的皮囊。

“天晓得她会不会摘掉那个头套。皮特恨那玩意儿。我一个劲对他讲，谁在意呀，她又不会戴到教堂去。我寻思他想要个乖巧的小东西吧……”洛拉咽下后面的话，“他担心这孩子有什么毛病，多动症什么的。”

弗洛拉正专心给长颈鹿儿洗一个波涛汹涌的澡。她跪在游泳池里，把它颠上颠下，一面唱：“嗒，嗒，小小长颈鹿儿趴。嘭巴，嘭巴！宝贝，你呀！”长颈鹿儿被甩，脸朝下漂浮着，而弗洛拉开始了新游戏——她把胳膊肘向后一靠，拼命踢，水花大得溅到我的腿上。“瞧，妈妈！看呀，妈妈。看呀，米娅！”

我对皮特的感觉更阴暗了。真是白痴。

皮特之子蠕动着要醒来。他冲脸挥了挥小拳头，伸展起膝盖和脊背。我抱他入怀几分钟不到，他就完全醒了，黑眼睛如种子一般埋进我的目光。我抚摸他脑袋上的茸毛，观察他努努嘴、做怪相。我对他说话，他咕哝着搭腔。不一会儿，他转身拱着要吃的，我的乳房里影影绰绰着一种熟悉之感，一种身体记忆。我把他还给洛拉。等儿子舒舒服服吃上奶，她瞅着我说：“起初皮特不想要她。我怀孕了。我们已经打算结婚了，不是为这个。对他来说，孩子来得太早了。”洛拉向后靠在椅子上。“皮特老是焦虑不安，我也知道。他有个姐姐，生下来就有一堆问题，而且弱智。他们只好把她送进护理院。她从来没学会走路说话什么的。她七岁的时候死了。皮特不愿意说起这个，”洛拉端详她的指甲油，“他爸爸从来不去看他姐姐，一次也不看。整个事情把他妈妈害惨了。你想象得出。”

我想象得出。我抬头看云，呈现浓密的触须形状，在我的注目之下，一个头颅晃着绵长的发浪，徐缓地从越来越细的长脖子折断。这时，我察觉比起这个死了姐姐的小伙子，那火气大的碌碌之辈皮特更让我自在些。

可能因为视野照旧茫茫无际——玉米地和天空。可能因为炎热，或者我自己静悄悄的绝望，或者只是需要信口开河来打破沉闷到没辙的此刻，反正当洛拉问起纽约的生活时，我扯出一个接一个故事逗乐，满耳是她的笑声。我强调那里的粗俗、声色犬马、光怪陆离。我把那城市说成装腔作势者、广告贩子、小丑的不歇业的嘉年华，他们的坐跌和闹剧提供高档娱乐。我给她讲查利和韦恩，两诗人从漫漫长日奔赴烂醉之夜差点因为埃兹拉·庞德动武，末了却在苏豪区的一栋楼的屋顶上实打实比赛起撒尿。我给她讲人老珠黄的继承人米丽娅姆·亨特，财大奶子小，整过容，拎爱马仕手袋，她不愧姓亨特①，潜步追猎心馋她钱的少壮男科学家，偷偷踅到他们跟前，附耳吹送甜言蜜语："你说你申请的那个研究项目要花费多少呀？"我给她讲我的朋友鲁珀特，变性手术做了一半，叫停，决定以雌雄同体安身立命。我给她讲一次募捐宴会上我的邻座，一个八十多岁的亿万富翁，整个用餐时间都在放屁又叹气，放屁又叹气，气粗荡荡，好像他孤身在自家茅厕。我给她讲我无家可归的哥们弗朗基，他的孩子、兄弟姐妹、堂表兄妹、姑姨叔舅以每周两员的速度死于形形色色或者罕见的疾病，包括坏血病、麻风、登革热、克莱恩费尔特氏综合征、钩端螺旋体病、致命家族性失眠症，以及恰加斯病。实际上，弗朗基家的亲戚团如此庞

① "亨特"（Hunt）在英语中有追猎之意。

大，我们在第七大道碰头的间隙他已忘了新死者的名字。

听着我讲这些亦真亦幻的世界主义者的故事，洛拉眼神发亮，兴致浓浓。剥去亲密，从老远看，我们全是喜剧角色，踉跄于生活、一边走一边甩下烂摊子的闹剧小丑，可等你接近了，滑稽百态便迅速淡入铁硬现实、悲剧或者清一色的凄凉之中。不管你被禁锢在乡里乡气的滞后的邦登，还是漫步在香榭丽舍，都无关紧要。我身上悲哀的仅是，我想被人赏识，想看到洛拉眼里自己熠闪的投影。我和弗洛拉半斤八两。瞧我，妈妈！看我做个侧手翻，爸爸！在谢里和艾伦·布尔达的杂草丛生、被一个飞快疲软的儿童游泳池所装点的庭院，瞧米娅怎么舞弄着词藻。

当晚，我收到鲍里斯的信息，他通知我罗杰·达普快从伦敦回来了，这意味着他的临时爱巢快没了，他要和暂停搬回家了。目前来说，这样“实际”一点。他想让我知道。这只是为了“公道”。我的反应就像个女人。我哭了。

你大概纳闷我到底为什么想要鲍里斯，这人对依然合法的老婆说为了“实际”的考虑要和新欢回家同居，好像这惊人的新举措只是纽约房地产的一桩事儿。我自己也纳闷怎么想要他。假如鲍里斯在婚后两年或者十年离开我，伤害就会小得多。三十年很漫长了，婚姻获得了向内生长、近乎乱伦的特征，带着情感、对话与联想的复杂节奏。我们已经到了这一步，在宴会上听到的故事或趣闻会在两个脑袋里同时勾起一样的思绪，问题只是谁先把它吐露出来。我们的记忆也开始交织。鲍里斯会反复起誓说，在缅因州，是他遇见了站在我们租屋门阶上的庞大的蓝鹭，而我也言之凿凿地说我独自看见了那只巨鸟，然后告诉了他。无解之谜，没有文献资料——只是回忆和想象那脆弱、变幻的纹理。我们中的一个听另一个讲这故事，在他或她的心里看见与鸟的邂逅，遂从伴着入耳叙述的精神影像中创造了记忆。内与外很容易混淆。你和我。鲍里斯和米娅。心灵复叠。

我没有对母亲提起暂停的新情况。这会使之更真切，比我此刻愿意接受的更真切。太糟了，我是真的，弗洛拉说过。她本想爬进小房子里和玩具一起生活。太糟了，我不是书或者戏剧里的角色，并非因为万事对他们大多数人那么精彩，而是若那样我可能被写入别处。我要把自己写入别处，我想，以新眼光重构这个故事：没了他我反而自在。除了洗盘子，他有没有做过一次家务？他有没有或者说难道没有把你像收音机似的定期调谐，去掉杂音？难道他没有无数次打断你的话，好像你是桌边的空气，无人女士，失踪者？在母亲的话语里你不是“还那么美”吗？你不是还能干大事吗？

著名的米娅·弗雷德里克森的沉浮录。其人生于邦登，在绚烂多彩的近六十年中，除了童年，是杂色人等的诗意的恋人和情妇，三十年为妻（嫁给一个自然主义者兼恶棍），最终凭借笔墨的不懈努力名利双收，死时无悔意。

或者：“无人知道弗雷德里克森是何许人也。二零零九年夏她策马闯入邦登镇，此沉默异客，将涂油的科尔特手枪藏进鞍具袋，危急时刻，便会射出致命一击。”

或者：“我分辨出她的脚步，无休无止地度量着地板。时不时，她深深吸气，呻吟一般撕破那片寂静。她嗫嚅着片言碎语；我唯一能逮住的是鲍里斯的名字，与挚爱或者煎熬的狂乱之词纠缠，仿佛说给一个在场的人——低沉、迫切，从她的灵魂深处扭绞而出。”米娅成了希思克利夫[①]——恐怖、冷笑的尸体化为鬼，在东七十街的一座曼哈顿公寓里出没，一次又一次归来，折磨伊兹措维奇和他的暂停。

整个故事在我的脑中，不是么？我并非那么不通哲理，天真地相信人可以从这故事构建什么经验上的现实。老天，追忆往事，我们甚至不能达成一致。当十岁的黛茜宣布她的戏剧壮志时，我们坐在出租车上。不，在地铁上。出租车。地铁。出租车！问题是无数个鲍里斯在我的脑海。他到处奔跑。即使再也不曾于肉体里看见他，作为思维机制的他也无可避免。一起看电影的时候，多少次他给我按摩脚，耐心地揉捏和抚摸脚板、脚趾以及受关节炎之苦的曾裂伤严重的脚踝？我给他在澡盆里洗过头发之后，多少次他仰脸看着我，一副开心的孩子的神情？多少次他拥抱、轻摇收到退稿信的我？你瞧，那也是鲍里斯。那也是鲍里斯。

① 希思克利夫（Heathcliff）是小说《呼啸山庄》中的主人公。

我上课迟到了几分钟。在楼梯上我听到阵阵笑声、尖叫，还有熟悉的挖苦的调儿“哦我的神！”一踏进房间，顿时鸦雀无声。我走近她们，只见所有的视线都落在我的身上。桌子中央躺着什么东西：污渍斑斑的软团。到底是什么？一张沾血的舒洁纸巾。

“谁流鼻血了？”

沉默。我环视七张不漏口风的面孔，小时候用的习语钻入脑袋：葫芦里卖什么药？谁的鼻子也没挂彩。我用拇指和食指捏住脏纸未玷污的地方，把它送入垃圾筐。接着我问谁愿意给我透露一下“血纸巾的秘密”，这时，南茜·德鲁①驾着她蓝色的敞篷小汽车从脑际飞驰而过。

“我们就在那儿发现的，”阿什莉说，“进来的时候，但是太恶心了，没人愿意碰。肯定是门房或者谁放在那儿的。”

我瞧见杰茜把嘴唇抿紧了。

“太不像话了，”埃玛说，“怎么能这样子乱丢呢？”

爱丽丝死盯着桌面。

尼基瞟了瞟垃圾筐，做了个鬼脸：“有的人就是不干净。”

琼急忙点头。佩顿面露窘色。

“很多事情比沾点儿血的纸巾糟多了。我们还是言归正传：胡诌诗。”

---

① 系列故事中的少女侦探。

我备好了诗：童谣，奥格登·纳什，克里斯托弗·衣修午德，刘易斯·卡罗尔，安托南·阿尔托，爱德华·李尔，杰拉尔德·曼雷·霍普金斯。我希望把她们的注意力从废纸移开，投向颠覆意义的乐趣。我们都写了。丫头们似乎兴致盎然，而我表扬了佩顿“美滋滋的”诗。

嘴巴悬河把烂谷子系
哑巴哑巴一根筋，
我撇了泡沫折笑柄，
搅我的松糕，闪电袭！

快下课时，当爱丽丝读她那颇忧愁的胡诌，“形影相吊在劫掠后的野地……”阿什莉狠命地咳嗽起来。她道了歉，称自己要喝水，便离开了房间。

下课后她们都冲了出去，除了爱丽丝，她徘徊着。虽然孤僻，那天她穿着T恤短裤却显得格外漂亮。我朝她走过去，正要开口，听到背后有人。

原来是杰茜的母亲，一个三十多岁的矮胖女人，深亚麻色的头发做过，用发胶定了型。她的神色迅速向我宣告她肩负严峻的任务而来。杰茜的母亲和杰茜自己，似乎都没有料到我的此种类型的诗歌课。引她警觉的是，我交给女孩们一首，倒吸一口气，“D.H. 劳伦斯”的诗。好像单提作家名，对邦登鲜花儿迄今未授粉的想象力来说就已经是危险的兆头了。当我解释《蛇》这首诗主要讲人凝神观察动物以及因惊吓它而内疚，她的下巴闭住了。“我们有自己的信仰。”她说。这女人看起来不笨。她看起来危险。在邦登，一点流言蜚语，甚至彻头彻尾的诽谤，都以超自然的速度风传。我劝慰她，坚称自己十二分地尊重所有种类的信仰——弥天大谎——谈到最后，我觉得缓和了她的忧虑。可一句话还是甩给了我：“我告诉你，上帝朝这个皱眉头呢。他皱眉头呢。”我瞅见他了，洛尔凯夫人自己的圣父充塞了天空，一个西装革履、眉头绞皱、铁板正经、胡子刮净的家伙，一个爱平庸的无趣汉，作为美国典型的评论者的上帝。

等我找爱丽丝，她没影了。

现在我承认已投入与无人先生的通信往来。对你是何人、欲何为的质询，他答道：“我是你的任何一种声音，你挑吧，神谕之声，庶民之声，面向万代的演说者之声，丫头之声，男童之声，狺狺，嗥叫，啁啾。刺人的，溺爱的，生气的，慈祥的，我是发自乌有之地的声音，来对你言语。”

我为之倾心，被我的孤独，一种特殊的隐隐作痛的精神孤独所推动。鲍里斯是我的丈夫，也曾是我的对话者。我们互相切磋，缺了他，无人再与我共舞。我给诗友写信，但他们大部分人禁锢于诗的世界，正如鲍里斯的大部分同事是神经离群者。无人这厮又蹦又旋转。他从莱布尼兹的单子论跳到哥本哈根的海森堡和玻尔，再扑向华莱士·史蒂文斯，几乎不喘一口气，而尽管他脑子发酵，我发现自己竟寻到了开心，还给他回信，用反面观点与新的盘旋式论据攻击他。他是个顽固的反唯物论者，这点我领悟到了。他鄙夷丹尼尔·丹尼特、帕特里夏·丘奇兰德这类物理主义①者，鼓吹将物质付诸尘埃的后牛顿世界。一个知识杂食者，似乎已把自己挤入打转的头脑的极限，他不大对头，但有趣。我给他写信的时候眼前总是浮现伦纳德的样子。毕竟，我们大多数人都需要一个形象，一个看得见的某某，如此我赋予无人先生一张脸。

当晚，我梦见自己在卧室里醒来，床边的梳妆台上有佛像。我从床上爬下去，光线昏沉，但我发觉墙湿淋淋地闪烁着。我伸出指头碰墙皮，探到嘴边，一股血腥味。随后，从隔壁房间传来孩子的惊叫声。我冲出门外，看到地板上白阴阴一捆破衣物，便撕扯着想掏出那孩子，却只发现越来越多的缠裹。我惊醒了，气喘吁吁。醒在开始做梦的房间，但故事没停下。我听见了惊叫声。还在做梦？不。心急遽跳动着，我辨别出声音来自隔壁。老天呀，我心想，皮特。我披上一件睡袍，飞奔着穿过院子。不敲门也不按铃，径直跑进了屋内。

没戴假发的弗洛拉在那儿，棕色的发卷暴露着，趴在起

---

① 物理主义是逻辑实证主义的哲学用语，认为每种有意义的表述必须直接或间接证之于可观察到的事物属性。

居室的地板上嘶叫。她用脚跟踹椅子，拳头捶地板，小脸气得发紫，灼红的颊上淌着鼻涕眼泪。从楼上卧室传来西蒙上气不接下气的拼命哀啼，而我眼前是阿什莉。离弗洛拉仅一英尺开外，她站着低头瞧那孩子，眼神空洞、僵冷，我看到她的嘴抽搐了一下。等她意识到有人来了，又在同一瞬认出我，表情立刻变为忧虑和无助。我扑向弗洛拉，一把抱起她，搂紧了。她哭闹不歇，可我说起话来："是米娅，小亲亲，米娅。出什么事啦？"就是那会儿我才听出她尖叫着："我要我的样子！样子！"

"她的假发呢？"

阿什莉瞅着我："我扔了。好恶心。"

"赶快拿过来！"我怒喝道。

弗洛拉一恢复"样子"就不再扭动了，于是我抱着抽噎的孩子，上楼去卧室救西蒙。我告诉弗洛拉为了接西蒙得把她放下去，教她搂住我的腿。宝宝的小身骨抽抽搭搭得变了形。我抱起他轻摇，直到他平静下来。我们三个，这会儿是三头一体，蹒跚着下楼，进了起居室。

我进门第一眼看见的人消失了。取代她的是课堂上结识的阿什莉，那个因我的到来而松了口气的人，本来一头雾水的人，弗洛拉给假发抹花生酱时不知所措的人，想去抱西蒙却怕扔下弗洛拉的人。这也讲得通。洛拉和皮特难道不是那么榆木脑袋，把两个不到四岁的孩子丢给一个十三岁的？我没和她争吵。我对她说我明白。还能说什么？进来的时候，你身上有什么东西令我心悸？我从你的眼睛、嘴巴里搜腾而来的？社群交谈中并不认可这些洞察；它们兴许真确，吐露出来却显得荒唐。把我们三个安顿在沙发上，我又叫阿什莉给西蒙取一瓶奶，就打发她回家了。

两个孩子都累坏了。西蒙吃过之后就软瘫了，蜷起的小手压着我的锁骨。弗洛拉在我的身体稍下找到了偎依之地，脑壳枕着我的肚子。我们睡了。

在洛拉的触摸之下我醒过来。她的手擦过我的额头，又伸进头发里。我听见前厅的脚步声，听见横行霸道或者引人垂怜的皮特（视我的心情而定），觉出洛拉从我的臂弯抱起西蒙。她散发酒气，眼睛水汪汪的，透出哀婉。我大致讲了经过。她只是抿嘴一笑，我的错层式房屋的圣母玛利亚，穿着亮闪闪的大袒胸式上衣，紧绷的牛仔裤，戴着自制的金色耳环——两座埃菲尔铁塔在她俯身看我之时悠悠摇晃。

我和 S. 医生长谈了鲍里斯的住房安排，其间我洒了几捧涕泪，接着我提起染血的纸巾，爱丽丝溜走了，洛尔凯夫人的抱怨，还有阿什莉的脸。我说“我觉得什么事在酝酿”，还看见巫婆在一年一度的夜半集会上蒸蟾蜍。S. 医生附和道，极可能女孩们在耍什么笼络手腕，至于任何更阴森的事情，嗯，毫无迹象。我血淋淋的梦更吸引她。破布。变化。不再有孩子。隔壁的婴儿。生育能力终止会带来一种依依不舍的哀伤，一种渴求，并非要返回流血的日子，而是想要重复本身，那种每月坚韧的节奏，月亮自己不可见的拖曳力，而你曾属于月神：狄安娜，伊师塔，马多尔，阿耳特弥斯，卢娜，阿尔比恩，伽拉忒亚——月圆月缺——少女，母亲，干瘪老太。

课堂上，我发觉自己打量着阿什莉的脸，想找出那个骇人的临时保姆的蛛丝马迹，但全无线索。我注意到，其他女孩有点矜持，不过挺合作，我也不用没收谁的手机。而爱丽丝，爱丽丝显得很快乐。比快乐更甚，她兴高采烈。我以前从未见她如此神采奕奕。她双目炯然，写下的诗带着爵士乐的语调，照我看来一反常态。“今天我奏响自己的思绪/在彗星上唱歌/在云端呼喊/在太阳上起舞。”有什么蹊跷，我自语道。爱丽丝最后一个离开，一如既往。她站在桌边，仔细地将笔记本和笔塞进书包，哼了几声难以辨认的曲调。

“你好心情啊。”

她抬头瞧我，浅浅一笑；从窗户透进的光线，在她的畸齿矫正架上一刹那绽出银色。

“有什么好消息吗？”

爱丽丝点头。

我鼓励地看着少女的脸。

“也许你觉得傻，”她说，“可我接到一个信儿，美妙的信儿，我喜欢的男孩发来的。”

“不傻呀，”我应道，“我记得。我记得那有多美妙。”

我们走到门口时，我对她说她应该坚持写作。她笑了。可能这是我第一次听见她的笑声。外面，她跳下楼梯，转身向我挥手，一溜烟跑了。远远在楼房那一边，她放慢了步子，但喜悦还是从一蹦一跳中流露出来。

是书名引我思索。《劝导》。为了下次与其他天鹅的读书俱乐部活动，母亲在读这本书。她们邀请我，米娅，学位女士，来介绍几句。延迟之爱，得而复失、又重获所爱的故事。奥斯丁的女主人公被劝说放弃他。劝导：去影响，动摇，转移，引诱，轻描淡写，加压，哄骗，说服，言语的运作，大多是作用于弱点、敏感之处的言语。男人们大鼓流蜜之舌，催开女人的双腿；如簧巧言，将女性的防线击溃。在狡猾女人的挑拨下，男人染指这样那样的罪行；银幕上冷面勾魂女在手提包里装着小巧的镶珍珠柄的左轮手枪。《女友礼拜五》一片中，快嘴快舌的罗莎琳德·拉塞尔冲着加里·格兰特打台词机关枪。作为言辞之战的爱。山鲁佐德不断说话，又活过一夜。行吟诗人为贵妇人的青睐而痴望、低唱。我要用词藻和音乐赢得她。我要把人体结构变成玫瑰星辰大海。我要用隐喻来解剖心上人的躯体。我要恭维她。我要诱她以机智。“我们若有足够的天地，与时间……”我要讲故事。我要再活一夜。喜剧以婚姻结尾，悲剧以死亡。此外并非迥然不同。最终，山鲁佐德得到了立意杀她的男人，但那时他心窍已迷。安妮·艾略特得到了温特沃思上校。结局匆匆。重要的是将他赢回、与他结婚，但在精神上，奥斯丁知道，他们早已结合，受了六年离别的虚空之苦。米娅和鲍里斯的故事从婚姻深处开始，在多年的性爱、交谈、吵架之后。如果演化为喜剧，定会落入斯坦利·卡维尔[①]的领域，反复的喜剧，已婚者重归于好的喜剧。哲学家的插入语一针见血："(人类能改变吗？可以说再婚喜剧的幽默、哀伤产生于这一事实，即对于这个问题我们没有好的答案。)"

埃利亚学派不相信变化和运动。何时一种事物熄灭了自己成为另一物？第欧根尼沉默地来回踱步。

我们能变化而保持原样吗？我回忆。我重复。

亲爱的鲍里斯，

我在浴缸里抽烟，想起了你。我想起那天在伯克利你的拉链坏了，正是夏天，你没穿平脚短裤，而你得作个演讲，于是你把衬衫下摆往下拉，一心指望着风别吹，别在三百甚或更多的观众面前亮出你的西德尼。我想起时光、裂痕、暂停，还有你有时叫我红、卷毛、火脑袋，而你的肚子微微腆起之后我叫你奥利，在床上叫你不挂一丝的伊兹措维奇。就这些，另外邦登不是太糟，尽管有点慢，有点烤。我等着比阿，接着黛茜会来，妈妈还好。我也想起斯特凡，但都与那些明

① 斯坦利·卡维尔（Stanley Cavell，1926—　），美国哲学家。

媚的日子有关，那些欢笑，汤普金斯街旧公寓的三个火枪手，就这些了。

爱你，米娅

S. 医生对我讲过魔幻思索。她言之有理。凭愿望无法使自我的世界存在。太多东西靠运气，靠我们无法掌握之物和别人。她没说写信给鲍里斯是个坏念头，不过，她终究未曾评判过什么。那是她的魔力。

洛拉送我耳环，两座微型的克莱斯勒大厦。我告诉过她那是纽约城我最喜欢的建筑，于是她用精致的金丝做了一对。我把它们捏起来，不由得想起那座城市里曾经结对的双子大楼，袭来的悲伤令我一时间无语，但我随即热烈道谢，试着戴上，她嫣然一笑。看着她的笑容，我意识到她多么温怡，随和，泰然自若，而吸引我的正是这些丝丝相扣、近乎倦怠的特点。我猜，在她的脑海里，交谈也是风平浪静的。我自己的脑瓜是众口纷纭的仓库，是无数个针锋相对者的滔滔言辞①，他们彼此用风凉话争吵、辩论、抨击，一轮又一轮。有时那内在的嘈杂使我筋疲力尽。不过，洛拉并不迟钝。我见过一些人，乏味得让你石化，因为他们似乎枯竭了内在的争论和斟酌（自鸣得意的麻瓜），而另一些人，不管

① 原文为法语 flux de mots。

有何复杂冥想的内在才能，却关在密不透风的盒子里，与对话隔绝（死气沉沉的智者）。洛拉不属于任何阵营，虽然她的谈吐既无新意也不诙谐，我却从她的身体中领略了话语所欠缺的敏锐。我说话时她脸部微妙的变化、手指的轻移，或者肩膀呈现的紧张，都让我体会到她听得多么专注，甚至调整弗洛拉的短裤或者给西蒙换围涎的当儿似乎也能侧耳倾听。我猜她不语自知，我钦佩她。

赠送克莱斯勒大厦的事儿发生在星期六，如果我没弄错的话——我经常混淆日子，但是我记得，西蒙被牢牢系在小推车里，睡着了，而弗洛拉的假发不在脑袋上。她先是把它攫入怀中，吮吸着一大撮丝丝缕缕，一边沉思只有她晓得的什么奥妙，一度又弃之不理，跑到卧室去细瞧教授的佛像。三个人格外光洁。他们要去怀特贝尔湖探望洛拉的父母。见我欣赏孩子们的行装，洛拉叹息道："要是能维持就好了。说不清有多少回等我们到了那儿，弗洛拉打翻了葡萄汁，西蒙吐奶了，我浑身黏糊糊的。车上给他们备了干净衣服。"

同一天，弗洛拉把我介绍给莫基。她给我描述他的时候，前后摇摆，努了努下嘴唇，又嘟起双唇，晃脑袋，句子滑进重重的喘息里。

"他今天不乖。太吵了。太吵了。乱蹦跶。"

"蹦跶？"

弗洛拉朝我露齿一笑，眼神激动地发亮："他在房子上蹦跶。然后飞了。"

“他会飞?”

她忙不迭点头:“但是他飞不快。他慢吞吞的,像这样子。”她移动胳膊腿演示起来,似乎在空气中游泳。

她贴紧了我说道:“他在天花板上、窗户里头、小汽车上蹦跳!”

“哇!”我叹道。

她叽里咕噜念叨他,妈妈微露笑容。他们得等莫基,因为他是个磨蹭鬼。莫基特爱巧克力片曲奇、香蕉、柠檬汁,他有一头长长的秀美金发。而且他力气大,举得起重物,“甚至卡车!”

莫基活着。他们离开后,我思索了一番想象与现实之物,落实的心愿,白日梦,我们自语的自己的故事。原来,虚构之物幅员辽阔,界限模糊,起源与终结之处简直变动不居。我们通过集体协定为妄想绘图表。那相信自己散发有毒射线而身边似乎没有谁受一丝影响的人,可以被稳妥地说成患这个或那个病症,被打入密闭的病房。但是让我们设想这个人的幻觉如此鲜活,以致影响了邻居,使其头痛、呕吐,传染性的歇斯底里席卷而来,整个城镇的胃在翻江倒海——这里头难道没有什么歧义吗?呕吐是真的。我想起在圣迈达教堂庭院抽打、残伤自己的疯女人,她们恐怖的谵语和抽搐,令人毛骨悚然的欢愉,对一切事物荣耀的颠覆。而我发疯的时候怎么想呢?我认为鲍里斯与“他们”串通一气来对付我,其实这是妄想症,然而,这难道不是号叫,来抗拒对我行事的方式，难道不是内心的呼喊，为了被真正看见，而不是被埋在陈腔滥调和他人之所欲的蜃景中，像可怜的温妮[①]一直埋到了脖子？贝克特知道。难道他们没有与我勾结起来曲解我？易卜生的娜拉跳塔兰台拉舞，但局面变得不可收拾。太激烈了。阿比盖尔藏起了她的吮吸小镇的吸尘器。太激烈了。我能从父亲的眉头瞧出这样不对劲，从母亲的嘴巴瞧出那样不得体，而鲍里斯一蹙额则是我太吵了——太强劲了。我太激烈了。我是莫基。我在房上蹦跶，可我不能飞。

我确信一九九八年三月二十三日唯一目睹西德尼的人是你。

鲍里斯

看着信我微笑了。当然，他会记得日子。他的大脑就是要命的日历。我很高兴他记得我扑向了为小兵而设的拉链敞开的门，我一下指令他便立正。哦西德尼，如今你搞什么鬼去啦？为什么开小差呢，老朋友？当然啰，你的脑瓜从来不太灵。像你的四海兄弟，你顶多是你主人那鳄鱼头脑的弱智工具。可是，我仍不由得琢磨，如今是为何呢，老伙计？

---

① 贝克特戏剧《哦，美好的日子！》中的人物。

马上，你说着，我们要来到路的关口或岔口。快要有情节。不仅是挚爱而衰老的阴茎的人格化，不仅是米娅信马由缰的离题，不仅是神秘存在和无人和虚构的朋友，或死者或暂停或幕后的男人，上天哪，这些老太太或者丫头诗人中的哪个或者温和的邻家少妇或者哈珀·马克斯的凑凑合合四岁版甚或小西蒙快要行动了。我向你保证他们快了。什么在酝酿，哦是的，巫婆在炖一锅杂烩。我晓得，因为我经历过。但是抵达那里之前，我想告诉你，宽容的人，如果你此刻还在这儿，即这一页，如果你来到了这一段，如果你还没有放弃，没有打发我，米娅，飞到犄角旮旯去，甚至如果你放弃了，但开始嘀咕没有啥事快要发生吧，遂又把我捡起，继续看，那么我想向你张开双臂，捧起你的脸，吻你，吻你的脸颊下巴整个额头，（形态各异的）鼻梁上也印一个，因为我是你的，全然是你的。

我只是想让你知道。

爱丽丝没来上课，只有其他六个。当我打听爱丽丝是不是病了，阿什莉主动说可能是过敏，她对好多物质容易过敏，接着她们之间漾起窃笑，戏谑的小感染。我趁机道：“过敏好玩吗？”

女孩们哑巴了，于是我们跳到史蒂文斯和罗特克，如何才叫真正看一样东西，任何东西意味着什么，以及片刻之后，所看之物如何越来越陌异。接着，我把她们都变成了现象学家，叫她们凝视铅笔、橡皮、我的纸巾包和手机，我们一起写观看、事物、光线。

课后，阿什莉、埃玛、尼基、尼基的另一化身琼，透露说爱丽丝近来有点“怪”，“就在昨天还大闹一场，因为开不起玩笑”。我问怎样的玩笑，佩顿窘迫起来，躲闪我的视线。杰茜压低了尖嗓子说现在我该明白爱丽丝“有点异样了”。

我稀里糊涂评论道，爱丽丝就是爱丽丝，我没有特别留意到什么令人不安的异样之处。我们都有癖性，而且容我冒昧说，上一节课她看起来“兴致很高”（未吐露我知道为何），她写了一首有趣的诗，因此对她开不起玩笑我感到诧异。

阿什莉吮着薄荷糖或者什么硬糖，我瞧见她在嘴巴里翻搅糖锭，眼神若有所思：“嗯，她吃药解决心情之类的问题，你知道，因为她有点……”阿什莉打着手势，好像往空气里抛球。

“我可不知道这个。”佩顿大声说。

“你指的是，她得了注意力缺乏多动症？”尼基说。

“她没说名字；是某种……”阿什莉说着，眼睛里一片朦胧。

“学校有一半人吃这个那个的，利他林或者别的，”佩顿宣称，“小菜一碟。”

我看见埃玛给佩顿掷去责备的目光。埃玛不怎么委婉。

爱丽丝的谜团未见头绪。我冲这周围的一小拨人微笑，慢条斯理地说：“也许难以相信，可我也年轻过，而且，我记得年轻时的状态。我记得和你们一般大的时候，实际上，我也记得那时的玩笑。”这是如电影场景般的时刻，而我对此了然于心。我竭力摆出全知的、权威的、受学生爱戴的好老师的样子，奇普斯先生与简·布罗迪小姐①的合体，然后，啪地合上西奥多·罗特克，起身，告退。电影中，镜头会追随我的背影直到门口，我的高跟鞋——实际是凉鞋——在地板上铿锵有声。接着我停步，仅一瞬，转身回眸。镜头拉近。银幕上只见我的脸，庞大，估摸有十二英尺高。我朝你们满脸堆笑，观众们，又折身，门在我背后关闭，音响效果亮烈。

看来阿比盖尔出什么事了。母亲挨着她坐在沙发上，给她揉背。雷吉娜动静不小：尖调儿，啾啾哀泣。

“她摔倒了，”妈妈对我说，她的脸煞白，“刚才。”

阿比盖尔一脸茫然地查看膝盖，我感到一阵恐惧。我朝她俯下身，握住她的手，先问“你还好吧？”等等寻常话，进而又探询具体哪里痛，有什么异样感。她不应声，紧盯着下面，然后慢慢摇头。

雷吉娜一击掌，哽咽着说：“我这会儿去拉绳求助。我去洗手间拽一下。她说不了话了。老天啊。我得给奈杰尔打电话。他知道怎么办。”（奈杰尔是那个英国人，在利兹的他

① 分别是电影《万世师表》和《春风不化雨》中的主人公。

到底能为邦登的阿比盖尔做什么，只有雷吉娜晓得）

阿比盖尔把头转向惊恐的朋友，以平缓的大嗓门说：“闭嘴，雷吉娜。谁来帮我调一调胸罩，快憋死我了。”

这话似乎伤了雷吉娜。她十指交叉，又落座在沙发上，风韵犹存的脸上颇雍容地皱起眉头。

母亲和我一起费力拉下闯祸的内衣，那是激动之中蹿上去的，接着又扶共同的朋友坐定在沙发上。

“阿比盖尔，”母亲说，“我吓坏了。”

在罗灵梅多斯，跌跤是普遍的恐惧。有些人，比如乔治，永远倒地不起了。股关节脱臼，脚踝撕裂，从不雷同。老骨头。阿比盖尔脆弱的骨架竟未折断一根，在我看来真是超自然现象了。我后来发现原来母亲——也许不明智地——用自己的身体缓阻，把急坠变成了慢跟头。

随后的交谈中，我明白阿比盖尔感觉好多了，因为她给我耸动眉毛，又眯眼下视她的膝盖。我弄不清她怎么了，直到看见她的手塞入绣花裙的兜内，扯出小片的红衬里。女人穿着她的隐秘消遣。藏在兜里的是一些颠覆信息，色情刺绣品或者别的内衣，显然是多年前做的。我也给她打暗号，表示领会了连衣裙里可谓别有洞天，是阿比盖尔私家宝库中另一件秘藏的织物。这种心有灵犀似乎令她窃喜，只见她狡黠一笑，又挑了挑眉毛，落实我们的串通关系。佩格随后到了，听完事情经过，她的反应尽显本色，宣布阿比盖尔“有福”而我母亲是“英雄”（这称呼母亲力辞，但明显心里受用），接着她改谈罗宾·沃马克，当地头发浓密的电视人物。她如此结束自己的称颂："他的鞋随时可以登上我的床！"尽管我觉得提鞋是画蛇添足，但从这慷慨，却能想象她对沃马克与他隆重头发之迷恋。

到底怎么谈起诗来我可拿不准，但天鹅们津津有味地吟出早年所爱的诗行。佩格似一朵云孤独地飘荡，而母亲朗读起华莱士·史蒂文斯的《读者》。他的读者的纸页上无字，只有"燃烧星辰的踪迹 / 在严霜的夜空"。雷吉娜拈来乔伊斯·基尔默不朽的美国诗篇《树》，我则背出罗恩·帕吉特①的《俳句》。"那飞逝。/ 我指生命。"这首诗总能引我大笑，但没有一只天鹅稍微咯咯一下或者哼一声。母亲悲凉地微笑。阿比盖尔点头。佩格直愣愣盯着什么，我猜是记忆。雷吉娜似乎忍不住泪水了，却又高声说希望我没有给女孩子看"那首诗"。我答道，对她们来说那诗完全是耳边风，因为在那个年纪生命确实漫长。时间是一个比例和信念的问题。如果生命折半你是六七岁，那一半就比百岁老人的五十年还悠长，因为年轻人体验到的将来是无尽的，按他们平素的想法，成年人是另一品种。只有上了岁数才能体味生命的如露如电。

后来雷吉娜含糊不清、令人着急地吐露，我班上有个女孩"遇上"了什么事。她偏偏想不起那孩子的名字了，"可

---

① 乔伊斯·基尔默（Joyce Kilmer，1886—1918），罗恩·帕吉特（Ron Padgett，1942—　），均为美国诗人。

能叫露西，不对，珍妮特，也不对”，不管叫什么，她从阿德里安·博特瓦夫的妹夫，也就是托尼·罗斯特豪斯的密友那里听说（至于托尼和我班上有什么关系，我和雷吉娜都一无所知），那女孩碰到了某种意外，在医院过了一夜。

有时候，一切生灵的脆弱性触目得让人随时恭候着受打击、翻跟头、精神崩溃。自从鲍里斯一走了之弄得我神经迸裂，我就处在这种状态——不，更早，自从斯特凡自杀。将来无不蕴含过去，因为除非以反复的形式，将成形之物根本不可想象。我已开始等待灾祸。

母亲和我扶着阿比盖尔走到她的公寓，帮她妥妥地在沙发上坐好。她好几次命令我们“别大惊小怪”，但脸上流露出并未独处、尚未独处的宽慰之色。她保证去看医生，告别时吻了我俩。

那晚稍后，我看见母亲身侧青一块、紫一块的，是为救朋友落下的淤伤。助行架掺和其中，母亲定是狠狠磕在上面了。“跟阿比盖尔你千万别提。”母亲说。她叮咛了好几遍。我满口称是。一起坐在起居室，我感觉到大楼的阒寂，只有远处电视的声音依稀可闻。

“米娅，”我快走的时候她说，“我想让你知道，我愿意整个重来。”

有时候，母亲表现得好像我是她肚里的蛔虫。“什么，妈妈？”

她一脸诧异：“嫁给你爸呀。”

“你是说，不管你们差别多大？”

“嗯，他要是有点变化就再好不过了，可他就那样子，而且那么多好日子紧随着坏日子，有时候，哪天我想让他改变的事情，换一天却得这么做才能成就另一桩好事，不坏的事情，要是你懂我的意思。”

“比如说？”

“他的责任感、荣誉感，他的正直无私。今天叫我恨不得吼几声的，明天又叫我自豪了。”

“嗯，”我说，“我理解。”

“我想让你知道，有你在跟前多好，多有福气。我乐陶陶的。这儿本来会很冷清，你是我的幸福，我的安慰，我的朋友。”

这颇正式的短小表白令我心里一甜，却又从这仪式感中领略到时间不离左右的噬咬。母亲老了。明天也许跌倒或者突然患病。明天也许会死。在门口分别的时候，小个头的母亲穿着花朵图案的棉睡衣。裤管绕着细细的大腿膨胀，就落在枯柴般的踝骨的紧上方。她双臂抱着猪肝色的热水袋。

黛茜写道：

亲爱的妈妈：

午饭时我见到爸爸，他看起来不大好。衬衫上满是污渍，闻起来一股烟灰缸的味道，也没刮脸。我是说我知道他常常拖上两三天，可他貌似一个礼拜没刮脸了。更糟的是，我想他见我之前可能哭过。我对他讲他样子很差，像个流浪汉，但他一个劲说他挺好。我挺好。我挺好。否认先生。有何想法？我应该坚持要他跟我谈心吗？派个侦探？倒计时了，可人儿娘亲，就要见到你啦！

你的脑袋生疑仍旧对爹地大大失望的黛茜给你狂吻。

我的回复：

你父亲不可能哭过。他只在看电影的时候哭。不过还是去看看他怎样吧。

爱你，妈

认识了鲍里斯一周左右，他带我去九十五街和百老汇交汇处的塔利亚剧院看伊利亚·卡赞的《布鲁克林有棵树》。片中，佩姬·安·加纳扮演的少女主角走进一家理发店取回了亡父的剃须缸子。那一幕很动人。女孩崇拜她那嗜酒、软心肠、想入非非、尽做白日梦的父亲，失去他是沉重的打击。尽管有可能，我仍不相信鲍里斯在呼哧，不过还是鬼使神差地转身看他。我身旁的汉子泪如泉涌，液体顺着下巴滂沱地打在衬衫上。我惊愕于这样的感情流露，礼貌地置之不理。后来我弄明白了，鲍里斯对间接之物的反应远远更直接；就是说，只有在虚构之物的催动下他的真实情感才会浮出来。一次又一次，我两眼干枯地坐在一旁，而他抽着鼻子，为大银幕上的演员哭成了泪人儿。我从来未曾见他在所谓的现实世界哭过，不曾为斯特凡、为他妈妈、为我为黛茜为亡友或者为任何非胶片制造的人物哭过。既如此，我颤抖于一个怪吓人的念头，即鲍里斯变了，如果他去见黛茜不是在刚看过电影之后（似乎不大可能，因为近些年他不停点地工作，电影大多是在碟机上看），那么暂停也许更改了鲍里斯性格的深层结构。他是不是为她，搜寻新神经肽的法国女郎落泪？墙是为她而倒吗？

——

无人横冲直撞。无人理解无人——这是问题的核心。我们两人跌跌撞撞地触及了“难题”：知觉。这是什么？为什么我们拥有它？我的高度自觉的通信者猛烈抨击唯科学主义十足的愚蠢和对明显不可分的过程的割裂：“川流，洪水，波浪，小溪，而不是一系列不相关的硬石子儿凑成一排！再傻也该能悟出这个道理。去读你的威廉·詹姆斯①，了不起的忧郁者！”一个哲学的托马斯·伯恩哈德②，无人恣意沸腾他的怒火，对我却有奇异的镇定作用。我也喜爱那了不起的忧郁者，但从他导入普卢塔克的潮涨潮落，这位希腊智者在他的《论共有的概念》中怒叱斯多葛派：

> 1. 一切个体物质都处于流淌运动之中，让部分自己离去，接纳从别处而来的他物。
>
> 2. 它们向之而来或由之而去的数目和数量并非一成不变，而是变得不同，这时物质随上述来来去去而转化。
>
> 3. 这些变化被称为生长与缩减，因习惯而人云亦云，这是错误的。它们若被称为创造和摧毁（*phthorai*）会恰如其分，因为它们把一物从其已确立的特性中驱逐，变成另一物，而生长与缩减则发生在

---

① 威廉·詹姆斯（William James，1842—1910），美国哲学家，心理学家，是在美国开设心理学课程的第一人。

② 托马斯·伯恩哈德（Thomas Bernhard，1931—1989），奥地利作家，被视为战后最重要的德语作家之一。

经历变化而维持本性的机体中。

故事老套。一物何时变为另一个？我们怎样辨别？他也攻击鲍里斯，一个天真汉，其对潜在或原始自我的概念是荒谬的，错位的。“你不能把自我置入神经网络！”我颇热切地为疏远的家庭成员辩护，称自我当然是有灵活性的名称，但鲍里斯相当特定地传达自己的意思——他在谈论自我必需的基本的生物系统。据我不可见的同志所说，不止鲍里斯，而是每个人都提着错误的问题，除了无人自己，这个孤绝的发言人宣扬一种连接各领域、终结专家文化、使思想重返“舞蹈与嬉戏”的综合视野。乌托邦式的虚无主义者非他莫属，躁狂期的乌托邦式的虚无主义者。我一直寻思他其实需要一次纯熟、悠长的头部按摩。然而，我自语道，我发疯那会儿是不是自己？人何时变为另一个？

你记不记得，我给鲍里斯写道，两年前的那个夜晚，我们意识到刚刚产生了一模一样的想法，绝不是平淡无奇的，而是一个在某种共同的刺激下浮现的很古怪的念头，于是你对我说：“晓得吧，咱们一起再生活百年，就成一个人了？”
你的朋友，米娅

课堂上不见爱丽丝，我打听情况，孩子们却装聋作哑，或者至少我这么揣测。我不知道跟医院有关的流言是真是假，听之任之也傻，于是我探本寻源。我打电话到爱丽丝家，她妈妈接的，她告诉我爱丽丝胃痛得厉害，被火速送进了医院，但是医生找不出毛病，做过一晚上检查之后就送她回家了。我问她女儿感觉怎样，她说看样子哪儿也不疼了，但是无精打采、情绪消沉，拒绝去上课。我尽量婉转地提及女孩中间关于拿爱丽丝"开玩笑"的传言，而这事让我担心。我想和爱丽丝谈谈。女人很热心，甚至是急切，我觉得，而且我从她的声音里听出并非基于事实而是情感的母性恐惧所特有的口气。

爱丽丝没有为我起床。我跟着走进她那干净得异样的淡蓝色房间，只见她躺在覆盖着白积云的淡蓝床罩上，盯着天花板，双臂剪在胸前，好似为葬礼准备停当的尸体。我搬了把椅子坐在她床边，听见她妈妈谨慎地闭门出去。女孩脸如面具。我对她说话，而她纹丝不动。我告诉她大家想她，缺了她课堂都两样了，我很难过她病了，希望她好利索了就回去上课。

她也不扭头，对着天花板吐出一句："我不能回去。"

不说像诉说一样有趣，我发现。为什么话语，从内到外的短暂的词之旅，在某些情况下给人如此煎熬，真是意味深长。我敦促她，善意地，但仍坚持着。爱丽丝只是来回摇头。我随即提到"玩笑"，她的脸绽裂出痛苦之色。她的嘴唇朝里一卷，敛迹了，我看见眼眶各噙一滴泪，因为仰卧着，没有滑落，而是渗入了脸颊的皮肤。

我们先让脸颊闪亮的爱丽丝躺在白云层出的床罩上。我们要喘息顷刻，因为，尽管我本人坐在那儿，却偷了至少半小时的空儿，走神了一趟。和不想吱声的十三岁孩子谈天并非易事，即使她愿意吱声，你也得循循善诱、连哄带骗，才能挤出解罪过之谜的零星的稀罕话。坦率说，有点乏味，因此我们会打发掉从孩子嘴里钓词的漫漫苦差事，待她开腔再回来。

为什么想起那场色欲爆发我说不上来。云，床榻，从女孩的窗户洒进来的午后光线，夏日氤氲浓浓的照明——任何一样或者这一切都可能是引子。鲍里斯陪我参加一届诗歌节，我为二十来个人朗读（我觉得相当不错），然后我们在雾气沉沉的旧金山到处溜达。有个诗友推荐了一个按摩治疗专家，是用手改变人体的翘楚。对我这个头脑里人山人海、戎马倥偬以致偶尔看不见自己遥遥在下的身体的人来说，这主意颇具吸引力。男士的名字叫床良。阿奇博尔德·床良。我不打诳语。也许是他的名字开创了整个事业。什么也说不准。总之，当鲍里斯等在厢房（静谧的房间，播放的新时代音乐旨在将一切人类化为梦游者），我赤裸裸趴在床良的按摩床上，一条毛巾盖了臀部，说实话有些焦灼，而男士开始揉捏。他井井有条，正派得体——不知以何魔法，毛巾从未丧失其庄重的遮掩效果。他分别对待身体的每一部分，四肢、手脚、后背和头，甚至最后还有面部。我没有什么性欲感觉，没有色欲激荡或者幻想。我记得那会儿一无所想，而一个半小时之后，床良把我凝缩为果冻。米娅失踪了，可以说，作战中失踪了。那从按摩室冒出来，发现鲍里斯在粉色软沙发上打鼾的人焕然一新，如广告所言。她被重塑为糜软、没头脑但兴高采烈的存在物。从柔嫩的长沙发上唤醒伊兹措维奇，这个脱胎换骨之人（理应赐她新名：飞飞或迪迪或娃娃脸或者就叫娃娃）挽着丈夫一路雀跃回到诗歌旅馆，在那里有点太软的床上我（或她）被劈开，裂成燃烧的碎片，一连四次被卷入天堂。

这体验值得评说，其中无一字传达浪漫性的惯常概念。床良照料之后，任何人——不，我修正一下——任何人、鸟、兽，甚或无生命体（只要不冰冷）都能引我飘入色欲体验的更高领域。此处的启发是，极度的放松增进愉悦感，极度的放松是一种来者不拒的近乎彻底的敞开。这也是心无挂碍。我开始揣想是不是有些人大多数时光活得自在无拘，空空荡荡，是不是有娃娃脸沉醉于持久的感官狂喜。我曾读到一个报道，有个女人凭刷牙产生有规律的性高潮，当时令我震惊，但床良之后并非不可理喻了。牙刷也许办得到。

两三年前，在关于性和大脑的讨论小组中，当鲍里斯的同事言之凿凿地告诉我在动物王国——或确切地说，在动物王国的阴性一方，即整个动物女王国——只有人类的女性体验到性高潮，我瞠目结舌。我表示惊愕，而桌边鲍里斯和其他五个男性研究者一致赞同布罗德医生。我们两条腿走路的可以，其他动物都不行。当然，纵览哺乳动物的梯级，雄性都是威风凛凛。男人的性冲动从生物学上说扎根很深，在女人则是侥幸、偶然。从纯粹生理学的观点，我觉得这说法太荒诞。我的灵长目姐妹，和我的装备差不离，楼上楼下近乎的，竟然享受不到性快感！这是何道理？在我们四条腿的伙伴中，唯有雄性得快活？我提出自己的看法，鲍里斯就从桌子那头对我虎视眈眈（我以特殊客人的身份被接纳）。等读过几本书和好些论文，我发现这六个洋洋得意之徒通盘皆错，也就是说，我通盘皆对。一九七一年弗朗西丝·伯顿在她的实验室证实了五只母猕猴中有四只达到性高潮。短尾的母恒河猴定期体验高潮，但通常是和其他雌性，而不是雄性。当高潮来临，猴女士像我们一样叫喊。艾伦·F.狄克逊在《灵长目性行为：原猴亚目、猴、猿及人类的比较研究》一书中写道，它们的销魂之声让人想起圣诞老人他老婆的“嗬！嗬！嗬！”我有凭有据地与老家伙对峙之时就用这三声词射精。“嗬！嗬！嗬！”说罢，我甩下两卷巨著六篇论文，全粘着报事贴。

你也许会问，为什么关于猿丫头的无快感理论如此风行，弄得座谈的六位老兄全深信不疑地吞下，尽管讨论中的灵长目如所有雌性哺乳动物一般长着阴蒂？第二十八页提过，俄南浪费精子而受罚。他不该将它虚掷于地，而应该射入某处——女人体内。这是“为繁衍不浪费不匮乏”的论点。但不像无高潮就不授精的俄南，俄南的假定女人（他本该进入的女人）无高潮也能怀孕，这事实亚里士多德早认识到了，却被遗忘了数世纪。一五五九年哥伦布发现了阴蒂——此为雷纳尔德斯·哥伦布。他在解剖学之旅中航向它，虽然加布里埃莱·法娄皮欧①表示异议，坚称自己率先看见了小山丘。请允许我在两个探险的哥伦布之间作一番类比，克里斯托弗和雷纳尔德斯。他们相距不到百年的发现——前为土地后为器官——都具有常见的傲睨，出自等级森严的视角。新大陆一例中，俯瞰者是欧洲。阴蒂一例中，是男人。在“新大陆”上生活了数千年的两方面的民众，我敢说大多数女人，本该为这些“发现”目瞪口呆。虽如此，阴蒂仍是达尔文之谜。如果并非怀孕所需，为什么它在那儿？它是适应性还是非适应性的？皱缩的小阴茎（非适应性）之看法源远流长。古尔德和列万廷②认为阴蒂像男性的乳头，属于解剖学上的残存物。其他人说不对，这颗欢愉豆符合进化的目的。争战惨烈。但是，我问你，这极乐的小器官若有作为，适应与否或者尺寸大小算什么？我们重返故事之前，我赠你简·夏普的不朽名言，这位十七世纪的英国开业产婆如此写阴蒂：“它像码那样立起又垂下，令女人燃起欲火，作乐于交媾。”（女人，我主张，还有她们的猴姊妹，也可能加上，有待进一步探索，其他的哺乳动物。附议一句：十七世纪用长度单位码来指代阴茎，是否让你觉得有点

---

① 加布里埃莱·法娄皮欧（Gabriele Fallopius，1523—1562），意大利解剖学家。

② 古尔德（Stephen Jay Gould，1941—2002），列万廷（Richard Lewontin，1929—　），都为美国进化生物学家。

夸张呢，除非那时的码并非现在的码？）

当哥伦布侦察到至福之山，
他停步自问："此乃何物？"
纽扣，豌豆？
畸变？
非也，蠢汉，是阴蒂！

爱丽丝的坦露前言不搭后语，但说完后理出头绪是可能的。她对我讲，对妈妈埃伦讲——泄密开始不久就让妈妈进来了。当女孩从隐约可闻的悄悄话转为哽咽的和盘托出，又哭得急喘成一团，我的视线从她落到妈妈身上。我注意到妈妈的脸用作模糊的镜子，照出孩子的脸。当爱丽丝轻声细语，埃伦探身向前，嘴唇微微抖搂出每个侮辱，同时目光专注。当爱丽丝哭泣，埃伦的眼睛变小了，一条皱纹浮上眉头，嘴巴抿成一道细缝，可她不洒泪。母性的听独具特色。母亲必须倾听，必须同情，但不能完全认同孩子。这要求强加的间隔，一种只有面对所讲之事硬点心肠才能获得的距离。得知他们伤害了我的孩子，很容易激起狂蛮的反应，可达到我要把那些小妖精撕成絮当糕饼吞了的级别。盯着埃伦，我察觉出她在按捺鱼死网破的报复心，而我暗暗喜欢她——既为她的愤怒，也为那份克制。

爱丽丝常收到不堪入目的短信已有好一阵子了。"缺德鬼”和“鸡”定期出现，还有别出心裁的评论：“你多么自作聪明”，“既然芝加哥那么了不得就滚回去”，“臭婊子”，“瘦麻秆荡妇”和“冒牌货”。全是匿名。至于我的青葱诗人小集团，爱丽丝承认她们对自己交替青白眼，今天敞开心扉，明天闭门羹。她们把她钓上来又抛出去。经过几星期的折磨，当她开门见山一句“我干什么啦？”与她们对峙，她们窃笑，骨碌转眼睛，连连哼唱“我干什么啦？”想到佩顿也在施虐者之中，我更是心里发紧。爱丽丝站在自家镜前的裸照被贴在社交网站上——从百叶窗缝隙用手机偷拍的模糊图片。可怜的孩子从口中撕扯这侮辱时拼命抽着鼻子。她当然删除了照片，但侵害已无法挽回。想起我十三岁起变化的身体，和我因为自己新膨胀的乳房、三根阴毛、屁股上冒出的神秘红痕（两年后才弄清是扭伤）而生发的私密而隐痛、一心遮护的情感，我简直坐如针毡了。关于血纸巾的叙述乱糟糟的，不过埃伦和我终于弄明白了爱丽丝就在上我的课之前来了月经，她毫无准备，又不好意思问她的“朋友们”要护垫。她从小包（因过敏症总是随手带着）取出纸巾塞入内裤，但走进房间的时候，一张沾了点血的从短裤松脱，落在地板上，这时候阿什莉忽地抓起来，佯装恍然大悟碰了什么，把它扔到桌上并凌厉一声“恶心”。最近的诡计，肯定是引起胃疼的，与心仪的男孩扎克发来的信息有关，他约她三点在公园秋千附近见。两点三刻下课之后，我看到她顺着人行道蹦蹦跳跳，准是往那里去了。到了以后，却不见扎克。她等了半小时，觉出事情不对，坐在草坪上捂脸哭起来。泪水一落，就从公园边的高栅栏涌来讥笑声。不可见的姑娘们嘘声一片，痛斥爱丽丝竟然痴心妄想扎克那样的男孩肯瞧她一眼。似乎，这就是最近一次“玩笑”，爱丽丝“开不起”的。

撇开细节，爱丽丝的故事老套得让人沮丧。基本结构如出一辙，不时有些变体。尽管偶尔公开，这些残酷行为通常是鬼鬼祟祟的暗箭伤害和羞辱，耍这招儿的通常是女孩子，而男孩之间则干脆一勾拳、一巴掌，或者胯下踢一脚。黎明决斗，有其繁文缛节、助手、步法；在西部，黑帽与白帽持六响手枪对决之时神话的轮回转世说；两个争执的汉子爽快地甩出老话“外头解决”，引各自捧场的围看斗殴；甚至操场打架（小子挂彩回家，老爹劈头一句：“儿子，赢了没有？”）——这一切享有任何女性较量的形式都无法企及的文化上的尊严。女孩或女人之间的肉搏是猫斗，特征即抓咬、扇耳光，裙飞发散，透着荒唐；或者，相反地，带着饱男性眼福的色情剧的味道，两个娘们“互掐”的欢娱一幕。从这样的厮打中凯旋绝无光彩。不存在什么体面、清白的猫斗。我坐着打量爱丽丝红通通的哀容，一边想象她照阿什莉的下巴狠揶一拳，又纳闷这种男性解决法会不会更有效。女孩子如果互敲脑袋，而不是耍心眼搞暗算，会不会少吃苦头？不过，我寻思那只能发生在另一世界了。即使在那个不大可能的世界，女孩与劲敌摔跤之后拂尘称胜，又有何益？

跟她们道别的时候，埃伦已经把她的大孩子哄到膝盖上了。母女俩蜷在豆袋椅里相拥，几分钟之前埃伦还在那儿独坐，听爱丽丝那阴谋与欺骗的传奇。爱丽丝把头埋入母亲的脖子，赤裸的长腿和脚悬在椅子一旁。埃伦用手从上到下拂过女儿的后背，轻缓而有节奏。两人之后，我瞅见隔板上那孩子的一溜儿玩偶。一张呆呆的瓷脸盯着我身后的墙。另一个木偶的粉色嘴角浮起笑意。一个穿和服的女偶僵然立正。古董宝宝仰面躺着，凭空振臂。歌队，我自语道，他们开始骚动，要一齐张嘴。我看见他们的牙齿。刹那间老魔法在他们的体内摇撼，意向，生命冲动①。走在人行道归“家”的路上，我一阵狂想：

但是在敬畏之中我已站立不住，
也不能，目睹所见，忍住泪水。

一点点挪动双脚，我的步态漫卷出源泉。承蒙玩偶歌队而来。安提戈涅②。我轻笑。拙劣模仿的悲剧，但是，我自忖，此中仍旧有哀伤。谁来测量悲苦呢？无论哪个时刻发现潜在一颗心中的痛楚，你们中有谁会计算其强度呢？

---

① 原文为法语 animus, élan vital。

② 希腊神话中俄狄浦斯之女，不顾禁令为死去的兄长营葬，结果被关入岩洞，自缢而死。这里指古希腊悲剧《安提戈涅》，歌队是其有机部分。

以词繁复，爱丽丝——
你的空降部队倾射利箭，
把音节砸碎，把玻璃捣毁
涌出冲天盛怒。
翔于白纸的
成百魔术师是你，
踹卵形众头于脚底之时
被描入的笑桀桀的群齿，
或者，叫镜中戈耳戈
爱丽丝。怪兽的孪生妹，
另一故事，口喷致命的风，
被禁的浮想，狂肆之言
那静默的圣徒岁月所遏制的。
举止端庄。得A因品行出色。
哭吧，爱丽丝，若想就号叫！
将你眼中刺的芸芸之C
覆为雨，覆为洪水。
你的众我。你的熙攘。
煽动吧，爱丽丝，嚣张，宣泄，捣鬼，
你若许愿，许三个愿。
愿他们散尽。记他们为零。
用墨染黑他们的身体。

使他们饕餮升华糖
直到打旋跌落在
你漫舞的脚下。

我一点都不确信自己喜欢这首诗，可写起来实在畅意。“她们为什么对我这么刻薄？”爱丽丝茫然咕哝了好几声。这难道不是那句“有点异样”的迷惑的老调？杰茜说现在我该明白爱丽丝“有点异样了”。怎么异样？知觉满载着各种可见的差异、光影、物群及移动的身体，但也总是存在不可见的异同之处，进行划界、分割、孤立、认同的思想。我曾经、我仍旧有点异样。异类。在外面，永远在外面。我感到刺骨的风袭过。我得决定怎么收拾她们：小集团，这群丫头。我不能任其横行。但我得克制恨意，不要恨这六个品着施虐快感、毛孔滴下妒忌、无情到震悚的毛坯小婆娘。阿什莉，惩罚中的公主。她瞅着弗洛拉的时候我难道不曾察觉？阿什莉，我赤诚的学生。这丫头想掌权。无疑她在家掌握得太少，大家庭里居中的孩子，很可能要奋力争抢爹娘的欢心。看着我！当然，她也值得同情。我想到她的妈妈；身为恶霸的妈妈比受害者的妈妈更糟，有个残忍的孩子比有个软弱可欺的更糟。我得要盘算个计策，即使不能挽回残局，至少也要把它带到露天。我喜欢这个词，露天。我看见邦登之外的苍莽田野，平坦，开阔，上面是浩渺的天空。

比阿到的第一晚我冲她哭鼻子了。你会想经过六个月左右的涕泗滂沱，我的眼眶该彻底告罄于反复决堤了，但似乎这咸的分泌物源源不断，可以规律地、充盈地倾泻，无持久影响。这肉做的老庙堪称奇迹。有比阿抚摩我的背，搂抱着哄我摇我，感觉真是松快。米娅和比阿。一旦挥尽我的潸流，我们跑到布尔达家的床上，她给我灌了一耳杰克和两儿子的所作所为。（杰克，这老东西，老样子，周末搞什么雕塑快把她逼疯了，琢之磨之的成果她称之为勃起，因为每一件都从米拉之家屋顶高迪的阴茎雕塑汲取了灵感，赫然突耸，而她压根不想要它们霸占草坪。老天爷，她可不想要庭院里遍布阴茎的剪影。乔纳在大学里成绩斐然，本在课堂上有点不开窍但在音乐剧院壮志凌云，从来没有女朋友，他可能是同性恋，比阿倒觉得无所谓，只是她知道不能先说出来，不管是不是，哪个母亲会那么做呢，而且他从来不曾明显娘娘腔，或诸如此类的，因此他们只得让他自己弄个水落石出，还有她的法律事务——她像我们的父亲哈罗德那样倾心而为——其中的奥妙、漏洞、判例，甚至每天的俗套）

接着我们一棕一红两个脑袋跃上枕头，躺在一起仰视白色的天花板，回味着玩宝贝休伊。我通常是休伊，裹尿布的庞然宝宝，淌口水，呕吐，放屁，咕噜作声，惹得比阿乐不可支。我们想起了捏造的克林奇克隆赫夫人，那个恨小孩的巫婆，想起了怎样从描述她的骇怪行径中取乐。她把小孩扔出窗外，浸入井底，给他们狂撒辣椒，涂满巧克力酱。我们想起了摇身变为梅洛拉德歌队，开场是坐在小红桌边的小红椅上唱广告曲，并不是真的广告曲，瞎编的，比如从管子喷射的牙膏，把衣裳染绿的洗涤剂，在手心而不是嘴里化掉的糖。还想起了我们戴围涎的蓝色连衣裙，用凡士林搽得锃亮的漆皮皮鞋，而我们把膝盖并齐，手叠在膝上，非常、非常听话。我们想起了妈妈的绣花日历和十二月每天崭露其上的微小的包装礼物，而对圣诞节的企盼闹得我们肚子疼。又想起了洗澡，为了不沾肥皂我们拿洗脸巾遮了眼睛，向后仰，妈妈握着壶柄给我们的脑袋倒温水，在干燥器里烘毛巾，用暖洋洋的毛圈布把我们裹住，然后父亲将我们依次揽起来，高举在臂弯中，再轻轻搁到炉火前的椅子上取暖。洗澡是天堂，比阿说。就是，我附和道。接着她告诉我，从爷爷奶奶家回来晚了她就在小汽车里装睡，好让父亲抱她进去，我接口道我晓得她作假，我那时候嫉妒因为我个头太猛，有时还担心他对她偏心。我爱哭鼻子而她不。你还是爱哭鼻子，她说。对极了，我说。也许，妹妹说，我该多流点泪。我老是得坚强。随后我们不作声了。

对不起，我那么没骨气，比阿。

睡吧，她说。我说，行。于是我们入眠。我没吃药，睡得很香。

怎么讲述呢？你的忧伤、疯癫、爱哭的叙述者问道。怎么讲述呢？从此处有点拥挤了——同时发生，一桩事儿在罗灵梅多斯，一桩在艺术协会，另一桩在隔壁，更别提我的鲍里斯蹀躞在纽约街头，忧心忡忡的黛茜紧跟其后；这都需要我拈出头绪。而我们全知道，同时性对言辞是大问题。言辞依次而来，始终，只能是依次，所以理清脉络之时，我要提及约翰逊博士①。紧要关头提及约翰逊博士实乃上策，他是我们英语语言的代表，智慧、肥胖，患痛风、淋巴结结核，仁慈而机智的贪吃之徒，权威人士，我们在节骨眼上总不免乞灵于他，文化上的家长，如此重要以致还在世就有合适人选为他写翔实的传记了。那可是十八世纪，远在每个汤姆、迪克、哈里、莉拉和简在互联网上晾晒他或她悲凄生活的每个时髦痴愚的鸡毛蒜皮之前。（请留意附加的莉拉和简；意指凡夫俗子的“汤姆、迪克和哈里”没有阴性对应名；凡妇俗女，呀，真是大相径庭了）然而，使约翰逊博士惊愕的是，潦倒文人粗制滥造出数不清的忏悔录与伪忏悔录，大肆渲染，令人毛骨悚然，正如当今辛酸的回忆录。可是够了。让我们引用《拉塞拉斯》中关于婚姻的一段，其中主人公对这一圣事评价道：

> 这便是婚姻的一般步骤。小伙子与少女不期而遇，或者施计被撮合到一处，目光相碰，互致寒暄，归家

---

① 塞缪尔·约翰逊（Samuel Johnson，1709—1784），英国十八世纪著名诗人、散文学、批评家和词典编撰家。《拉塞拉斯》（*The History of Rasselas*，*Prince of Abissinia*）是他的一本小说。

后梦见彼此。无力转移注意力或游离思绪，他们发觉分离时自己心神不宁，遂推断出厮守会幸福。他们结婚了，发现了仅仅是自愿的盲目所遮掩的东西；他们在争吵中耗尽一生，指责常情太残酷。

蓄意无知掩饰着狰狞的现实：你的意思是我甩不掉你了？但今非昔比了，见多识广的读者说。那可是老皇历了。我们比启蒙时代更少蒙昧，这可是二十一世纪，充塞着小装置小玩意高速炫目品和无责任离婚。嘀！嘀！嘀！瞧我怎么回应你。性的悲伤从未中断。给我一个时代，我会给你讲夫妻关系变馊的泡在泪水里的故事。我真能责怪鲍里斯吗，就为他的暂停，就为他急需抓住辰光，趁着他这个速朽之人还有时间去攫取流年中暂停的点滴？我们难道不都该放浪形骸行云行雨？约翰逊博士的性生活大多云山雾罩，谢天谢地，但我们的确知道大卫·加里克告诉大卫·休谟一件事，休谟又转告鲍斯韦尔，后者录入他的日记：某晚在目睹了约翰逊博士在戏院的欢愉之后，加里克朗声说希望杰出的词典编撰家经常光临，而这位伟人果断推辞了。“因为你那些女演员白花花的奶子和丝袜，”智者道，“刺激我的生殖器。”我们都有害痒痒的东西，不管是不是适应性的，我们的天性便是将其运用。人可能嫉妒又孤独得病恹恹的，而仍旧对此心领神会。

但漫长婚姻还有一个方面人所罕言。从视觉沉溺开端，皎皎恋人所牵引的激起昼夜颠鸾倒凤之欲的视线，随时光变样了。伴侣老去，转化，变得那么习惯于对方的存在，连视觉都不再是最重要的感官了。清晨，我醒来若看见床的另一半空着，就听着鲍里斯，听着冲马桶或者他给茶壶注水的声音。他去实验室之前读报纸那会儿，我将双手搭在他的肩膀上悄悄打个招呼，会感觉到他的硬骨头。我不定睛瞅他或者打量他的身体，而仅仅感觉他在那儿，就像在黑夜里嗅着他。他身体暖洋洋的味道成了房间的一部分。我们交谈，时常入夜，他的语句才是我所专注的。我留心他思绪的折转，全神贯注于他在我脑海展开的话语的内容，又把它楔入我们之间时而生猛、但往往并非如此的对话之中。我难得端详他。有时我们完事之后，他赤条条穿过房间，我会瞥一眼他肚皮腆起的苍白的长躯体、静脉曲张的左腿，还有轻柔优美的双脚，但不总是这样。并非自愿失明于新的诱惑力；这是对一种亲密关系的视而不见，这种亲密经由多年的朝夕与共、经由其伤痕与慰藉研磨而成。

S. 医生度八月假期之前，倒数第二次通话中我对她倾吐了埋在心底的事。斯特凡自杀前一个礼拜，我俩坐在布鲁克林家中的沙发上，等着鲍里斯。我的小叔子两天前才获准出院。他在服锂，可他解释说这令脑瓜沉闷，令世界远遁。他向后倚在沙发上，闭着眼说，但就算我的脑子死了，我也爱你，米娅，我接口道我也爱他，而他说，不，我爱你。我一直爱你，这真要我的命。

斯特凡疯了，但不总是疯子。他那会儿没疯。而他俊美。我从来都觉得他俊美，虽然他憔悴而沮丧。兄弟俩生得相像，可斯特凡要消瘦一大截，相貌也清秀得多，几乎显出阴柔美。躁狂使他挨饿，因为忘了吃饭。他飘飘欲仙的时候，就去酒吧瞎撞一个荡妇寻欢作乐，狂买一通负担不起的书，并且像我的朋友无人，也恣肆汪洋地道出一堆神秘哲思，有时令人听不懂。但那天他处在静息状态。我说了这份感情是错误之类的话，还说在一起这么久，他开始依赖我了，越说越乱，结结巴巴，渐渐没声了。但他继续道：我爱你，是因为我们一样。我们不像总司令。那是斯特凡给鲍里斯起的绰号之一。若想挑衅，他有时就这么向哥哥致意。命根子姐姐，斯特凡说着扭过头，双手托起我的脸颊，久久地、狠命地亲我，我任他这样，暗自喜欢，可我永远不该如此，我对S医生说。鲍里斯进门前，我告诉斯特凡我们不能够，这是蠢事，陈言烂语，而他看起来那么伤心。这真要我的命，内疚姐姐。他死气沉沉的脸，死气沉沉的身体。

我知道没人把斯特凡的死归罪于我。我知道他必定在绝望的一刻决定不再驾龙冒险了，然而我永远无法大声复述我们的交谈，无法让这些话敞在露天底下。听到自己开口，我明白了斯特凡借助断言我俩共同的虚弱和对大鲍里斯的怨气，把他和我用亲吻锁在一起。并不是这样的吻使我难堪、沉默，而是我在斯特凡身上感觉到的，他的嫉妒和报复心，正是这个令我恐惧，并非因为这些情绪属于斯特凡而因为它们也属于我。弟弟。妻子。次要人物。

“可是你和斯特凡不一样。”S. 医生说，就在快挂电话的时候。

不一样。相异。

“在医院我觉得自己像斯特凡。”

“可是米娅，”S. 医生说，“你活着，你想活着。依我看，你要活的愿望四处迸发。”

命根子姐姐。

我听了片刻自己的呼吸。我听到电话另一端传来 S. 医生的呼吸。是的，我心想。四处迸发。我喜欢那么说。我告诉她我喜欢。我们是如此奇怪的生物，我们人类。发生了什么事。在诉说中松开。

“要是咱俩面对面，”我说，“我会跳到你怀里紧紧抱你。”

“满满一大捧哦。”S. 医生说。

大约与此同时，或前或后几天，甚或几周，下列事件的发生超出了我的直观现象意识，不一定依照叙述的次序。我，也许谁也不能使之井然，因此单刀直入吧：

母亲在读《劝导》，第三遍，为八月十五号在罗灵梅多斯娱乐室举行的读书俱乐部活动做准备。为这任务她摆出了顶舒服的姿势。垫着三只枕头躺在床上，软绵绵的颈箍来缓解关节痛，热水壶温冷脚，鼻梁架着阅读放大镜，特殊订购的膝上桌撑着书卷，她沉浸在她所熟知的人物的生活中，尤其是安妮·艾略特。母亲、比阿和我都爱她，惦念她，好像凯林奇府就是楼下大厅，而善良、衰老、历尽沧桑、敏感的安妮随时会叩门。

皮特和洛拉吵架，动不动。

每晚在剧院仍是缪丽尔的黛茜，演出结束后变成了侦探黛茜，满城追踪父亲的不解之谜。他开始执迷于长夜漫游，令她百思不得其解。忠于本性，她为自己的侦察行动披挂得绚烂夺目，那行头（虽然我一无所知，也不知她那时的间谍生活）可能使她看上去更可疑了：格劳乔·马克斯①式的眼镜、眉毛、鼻子和八字须；长长的金色假发，镶闪光片的红色夜礼服；定做的套装和公文包；圆顶高帽加手杖。当然，在纽约，赤裸者、疯子、异装癖和稳重、守旧人士鱼龙混杂，兴许在步行人流中她都惹不来一瞥。大约凌晨三点，每天凌晨，鲍里斯返回第七十街东的公寓，进门，从女儿的视线中消失，而她返回三角地的公寓，筋疲力尽地扑倒在床上，用她后来给我描述的字眼，垮台昏睡。

① 格劳乔·马克斯（Groucho Marx，1890—1977），美国喜剧演员。

西蒙头一回笑出声。洛拉和皮特凑向王子气派的童床，脸因倾慕扭曲着，而他抬头看他的两个信徒，激昂之下挥舞四肢，咯咯直乐。

阿比盖尔从头到尾啃读我的六本薄诗集，全由加利福尼亚州旧金山费弗出版社忠实发行的：《失落的措辞》《小真理》《天堂夸张法》《黑曜石女人》《该死》和《闪眼与扭缠》。

雷吉娜健忘。母亲、佩格和阿比盖尔都说不出开始留意到朋友记忆力衰退的准确时间。终究，她们都遗忘着近来的零星现实。她们偶尔也重复问题或者故事，但雷吉娜的健忘别具形态。这三只天鹅（乔治活着的时候是四只）忍受了雷吉娜的虚荣、自顾自、焦躁不安（在餐馆不换三次桌子她就吃不下），因为她知道怎么找乐子。她为她们开茶会，要票赶赴这个那个场合。她把乱七八糟的笑话讲得活色生香，在朋友的公寓门口露面时很少不奉上礼品：鲜花，周游各大洲的生涯中巧遇的装饰盒或者蜡烛架。可是潜伏血栓的侵袭——“直冲我的肺，我完了”——更为她原本轻浮的性格添上了飞转起来的螺旋桨。忘了约会，谈话，钥匙、钱包和眼镜的位置，一些面容（并非天鹅的，而是其他人的），愈演愈烈的遗忘迅速化为恐慌和泪水。另外三只天鹅戏谑为“尊长”和“老夫人脑筋”的缺陷似乎毁了雷吉娜。一周有三四回，她奔到医生那里，忿忿然地反复说她只是不能相信，不能相信她，她，雷吉娜，想当年至少凭着婚姻，在国际外交界运筹帷幄，竟然沦落到这种地方，一个老人之家——果真这么叫，对吧，老人之家？这令她义愤填膺。于是，逐渐地，无人能界定转化的那一刻，老来俏疏远了自己远为隐忍的朋友。

弗洛拉琢磨起心理学："妈妈，你知道什么有意思吗？"

"不知道。"洛拉说。

"有时候我那么、那么、那么爱你，可别的时候我真的、真的恨你！"

埃伦·赖特给其他的母亲打电话，平静地讲爱丽丝的事，组织家长和孩子们在她家中聚会。她也叫我了，而我因为比阿婉言谢绝，说自己会领着学生读鼓励向善的诗——相互理解，同志情谊，融洽和睦——至于怎么实现还毫无头绪。我确知会谈那天是周日，在爱丽丝倾吐她受欺负的下作细节的那个关键的星期五之后。大约与母女们（爱丽丝的父亲是在场唯一的男性）的集会同时，比阿、母亲和我正酌饮桑塞尔葡萄酒，在租来的厨房为比阿准备告别宴会——鲜美的烤鸡佐以大蒜、柠檬、橄榄油，时鲜土豆色拉，还有从洛拉园子摘的菜豆。二手报道不可能被完美拼接，但这场戏剧的展开若不似下文，某种程度上也差不离，而且如你我所知，连目击者的叙述都不大可靠，因此我既决意落笔，你便不得不咽下这报道了。

六个紧张的母亲零零散散走进赖特家的客厅，拖着赌气、烦躁的女儿们。（是否有谁瞄一眼沙发上挂着的，来自芝加哥艺术学会的戈雅[①]的神父击败盗贼六联画的大招贴，我无从得知，而即使是复制也难掩这幅作品的伟大）埃伦·赖特曾受训于社会福利工作，现被聘为邦登健康诊所的管理人。她的开场白十分简短，挑选了流行字眼来描述讨论中的事件：*霸凌*。她强调其滋蔓程度，对*长期精神健康的潜在危害*，强调女孩比男孩更鬼祟、狡诈（我的形容词），而这些活动不可能自行消退；*需要全镇人一起*。对乱扔在通俗社会学讲话中的陈腐句子，我概不负责。接着赖特夫人一字一顿道出洗耳恭听、邀所有参与者畅所欲言的诚挚心愿。

一片沉寂。好几双眼睛瞪着爱丽丝，她坐在起缓冲作用的家长之间。

皱眉之神的洛尔凯夫人，杰茜的母亲，大声质疑既然发生的事情大多匿名，怎么知道连她的杰茜也牵涉进去了呢。

哈特利夫人，埃玛的母亲，戳了戳孩子催她说话。又戳了几次之后，埃玛红着脸，承认整套班底策划了信息。她点出名字：杰茜、阿什莉、琼、尼基和自己。但她们真的不是

---

① 弗朗西斯科·戈雅（Francisco Goya，1746—1828），西班牙浪漫主义画派画家。

有意的，只是小孩家干的蠢事而已。

尼基和琼轮流大呼小叫，蹦一些词来表明她们也压根没有恶意，只是爱丽丝老说起芝加哥，老看书，而且表现比她们好，于是她们觉得她有点自命不凡以及其他等等，于是……

阿什莉的母亲拉森夫人，一脸疲惫，绵声绵气，天真地询问铁着脸的女儿：可我以为你和爱丽丝是很好的朋友。

我们就是！

佩顿在负罪感的湍流下扭动着，喊了一声撒谎，一股脑倒出你我并不会称奇的内幕，而伯格夫人悄悄说，别喊，佩顿，试图刹住女儿的冲动，可佩顿照样喊着是阿什莉拍了照片贴出来，是她提议搞扎克骗局，她，佩顿，竟然同流合污，她感到难过，真的很难过。但佩顿没有就此打住。还有更多。佩顿说自己害怕讲出来，梦魇一样，因为她，阿什莉，组建了一个叫“巫帮”的小集团。入帮之前，每个女孩都得同意用刀割破自己，在一份文件上以血签名，宣誓忠于其他成员，保证永远为黑暗结盟守密。佩顿亮出修长的左腿大腿处的小伤疤，作为证据。

议程中的哥特式急转，卷来撒旦仪式的气味，使大人们骚动一片。可怜的赖特先生，化学教授，习惯了领着医学预科生游牧于多原子离子推导公式的重峦峡谷，此时极度不适，殷勤检查起指甲来。洛尔凯夫人倒抽一口冷气，血盟书可比 D.H. 劳伦斯更加渎神。尼基和琼的母亲，终生至交，并肩而坐，一齐张口结舌。惊惧中对巫帮成员的盘问接踵而至。

阿什莉哭了起来。

爱丽丝盯着。

埃伦盯着爱丽丝。

在这个当口爱丽丝怎么想我们可不知道，但极可能对邦登乳臭未干的女巫的败露感到些许满意。同时，爱丽丝哪里也不去。她留在镇上，和少女魔头——她的朋友们一起。

评论：暗处的手段披露了真相。怎样的？男孩有男孩样儿：桀骜不驯，野性，踢腿，挂树。可女孩就是女孩样儿？文静，春风化育，甜美，被动，狼狈为奸，偷偷摸摸，刻薄？

在娘胎里我们都是同一起点。我们，所有人，当漂浮在原初遗忘的羊膜之海，都长着生殖腺。Y染色体若没有扑向某些人的生殖腺，施作用造出睾丸，我们都会成为女人。生物学中，创世故事是逆转的：亚当从夏娃身上取出成为亚当，而不是相反。男人是女人比喻意义上的肋骨。大多数时候，是XX=卵巢，XY=睾丸。著名的古希腊医师盖仑相信女性生殖器是男性生殖器的倒置，反之亦然，这观点流传了数世纪："把女性的翻出来，把男性的翻进去，按此说法，并对折，你就会发现两者从各方面看一模一样。"当然，在外总是胜过在内。在内肯定更糟。到底为什么，我讲不出。在外相当脆弱，你若问我。实际上，阉割焦虑很有道理。如果我携带着外悬的生殖器官，对这精微的小鼓包我也够提心吊胆的。如同人的肚脐，古老的性模型也有内物和外物，这意味着一个内物可能变成外物给你吃一惊，尤其是如果你走动起来如同已有外物之人。那隐藏的折叠阳具可能陡然亮相。十六世纪的文学泰斗蒙田，赞成内物/外物的观点："男性和女性由一个模子铸成，教育和习俗除外，大同小异。"他复述了有名的玛丽-格尔曼的故事，按蒙田的版本，直到二十二岁（别的版本为十五岁）此人都是普普通通的玛丽，而有一天由于卖力过猛（赶猪时跳过沟壕），男根从她身上蹦了出来，于是格尔曼诞生了。难以置信，你说。不可能，你说。但是波多黎各和得克萨斯州分别有一户特殊的家庭，在他们的基因环境中 XY 看上去活脱脱像 XX。换言之，表现型掩盖基因型，直到青春期，即游戏将尽小女孩变成小男孩进而成熟为男子之时。卡拉成了卡洛斯！宝贝女儿变为宝贝儿子，不见手术器械的影儿。确凿的是，在子宫内，性别区分的故事经不起推敲。事情会而且的确混淆起来。

米娅，你插话道，快言归正传。放松，深呼吸，我马上就掉转我的辞令。这是同与异的问题，柏拉图在《理想国》中称之为"文字争吵"。他告诉对话者格劳孔，他们不知不觉陷入"诡辩式顶嘴"，因为不曾费神考虑"'不同的禀赋'究竟是什么意思，'相同的禀赋'究竟是什么意思，当我们为不同的禀赋分配不同的职业，为相同的禀赋分配相同的职业，按此定义我们的意旨又是什么”。伟大的西方哲学之父为他的乌托邦思量男/女问题，落脚于此（摇摇欲坠，我认为，然而还是落脚了）：“但是，如果唯一的区别不过是女性受精生子，男性授精，那么就我们的目的而言，不该断定两性有何差别。”目的：女人是否应该与男人受同样的教育，继而在理想国中被允许与他们一起统治。

大体一样，局部相异，主要是底下射精受精的阴部？要么类型相异？天哪，托马斯·拉克尔就此题材洋洋洒洒写了一本书。一旦十八世纪某个时候内-外理论轰然溃散，女人便不再是反向的男人；我们全然是另外的人：我们的骨头、神经、肌肉、器官、组织，截然不同，是另一套机械，而这生物上的异质从来微妙。“的确，心智为人类所共享，”一七八六年保罗-维克托·德塞兹写道，“但是其活动中的应用并非有助于所有人。事实上，这种活动对女人可能颇有害。因为天生脆弱，较剧烈的脑力活动会使女人身上其他所有器官筋疲力尽，故而扰乱它们的正常机能。尤其是生殖器官，在女性大脑努力过度之时最为疲惫，岌岌可危。”思索萎缩卵巢的理论悠久而牢固。乔治·比尔德博士，《美国神经质》的作者，认为不像专注于私部，络绎不绝生孩子的“棚屋印第安娘们儿”，现代女性正在因思考而致畸形。为证明这一点，他援引了一位杰出同事的著作，该同事丈量了受过高等教育的子宫，发现竟比未遭学识渗透的小一半。一八七三年，爱德华·克拉克博士追随卓而不凡的比尔德，出版了一部题目友善的书：《教育中的性：少女的蓬勃机遇》，其中他主张应该禁止行经的女孩子上课，并从哈佛对知识女性进行的临床研究中引来铁证，敲定太多知识已经使这凄惨的生灵不育、贫血、歇斯底里，甚至发疯。兴许这是我的问题。我读得太多，脑瓜爆炸了。一九〇六年，解剖学家罗伯特·贝内特·比恩断言胼胝体——连接大脑两个半球的神经纤维——在男性中比在女性中大，遂假定“胼胝体异乎寻常的尺寸可能意味着异乎寻常的智能活动”。雄劲思想 = 雄劲 CC。

可是如今没人嚼这些昏话了，你说。科学变了。它基于事实。然而，我刚愎丈夫的同事兢兢业业，测量大脑的体积和厚度，扫描其充氧血液循环，给鼷鼠、褐鼠与猴子注射荷尔蒙，左右敲除基因，为了扫尽狐疑地证明两性的差别深不可测，由进化先天注定，或多或少被禁锢死了。我们有男性与女性大脑，不仅对生殖功能的作用相异，还以其他无数本质的方式相异。尽管毫无疑问，心智为人类所共享，两性却有各自的心智类型。例如，杰出的神经生理学家，马克斯·普朗克学会的博士后雷纳托·萨巴蒂尼医生，列举了一长串我们与他们之间的差异，然后宣布：“科学家说，这可能解释了为什么比起女性，有数量远为众多的［男性］数学家、飞行员、丛林向导、机械工程师、建筑师和赛车手。”想学就学呗，姑娘们，你们永远解不了黎卡提方程。为什么？无印第安人入住的棚屋想法归来了（再不可能把棚屋妖魔化或者理想化了；我们必须跻身于不可再受辱的人群之中）：“穴居男人打猎。穴居女人离家不远采食，并照顾孩子。”但是不用担心，我们德高望重的教授送来定心丸（引用了一位更需仰望的父系权威，哈佛伟大的“社会生物学之‘父’”，艾德华·O. 威尔森），你大概没进化到当丛林向导的程度，但是“女性在感情移入、言语技能、社交技能、寻求保障以及其他方面倾向于比男性更胜一筹，而男性的优势往往会表现在独立性、支配地位、空间与数学技能、级别侵占以及其他特征上”。我们较高的“言语技能”，按教授自己的逻辑，解释了为什么女人支配了文学艺术领域如此之久，举目不见一个男人。我确信你也注意到，涉及当代文学的巨擘，不管在学院还是大众媒体，女人都显而易见地占压倒性多数。

我欣然说自己的（或者曾是自己的）鲍里斯不会同意萨巴蒂尼医生。我的老鼠齐耳深、心系进化论与基因的老头子知道，基因通过环境表现，大脑是可塑能动的；它历经发展变化，与何物在此相关。他也知道，尽管具有共性，但人非鼠，在决定我们成为什么方面，人类身上更高的执行功能是关键。他知道好科学转眼就变成坏科学，这一点适用于一九八二年轰动一时的发现：胼胝体，也就是比恩博士所说的大脑半球纤维连接物，特别是被认作压部的那一处，实际上在女性中比在男性中更大。这项研究成果旋即被《新闻周刊》杂志向大众鼓吹，并非声称女性在智能上优越（人类编年史中从来无此一说），而是，拥有大胼胝体的我们在大脑两半球之间交流能力更强，《新闻周刊》顺水推舟地将之解读为“女性直觉”。但随后对韩国男女的一项研究中发现，这棘手东西在男性中更大。韩国人肯定很特殊。接着另一项研究发现并无二致。其他研究纷至沓来：大点儿，小点儿，差不多，没差别。一九九七年，毕晓普和沃尔斯顿，关于四十九年来胼胝体研究的一篇评论的两位作者，总结道：“人们的普遍看法是女人有比男人更大的压部，遂思维不同，而这是站不住脚的。”哎哟。但迷雾还在蔓延。有个傻瓜，急吼吼托出自成一格的伪科学，把胼胝体称为“大脑的关爱膜”。

并不是男女无差别，而是这个差别造成了其他方面的多大差别，以及我们为其选择怎样的条框。每个时代都有它的异同科学、生物学、意识形态、意识形态生物学，这领我们复归于顽皮的女孩子，她们的恶作剧和阴暗手段。

我们有好几种当代的阴暗手段可供选择，都简捷、容易。对此事我们该怎么解释，是借助女性大脑非常特殊、虽说暧昧未明的不同性，或借助从几千年前“离家不远采食的穴居女人”进化来的基因，或借助青春期危险的激素波动，或借助暗地里给女孩子灌输攻击与愤懑冲动的邪恶的社会教育？无疑，我们的阿什莉，与好医生的分析相反，对“社会支配地位”与“级别侵占”兴趣盎然，不顾她的 XX 身份，就像我的老友朱莉娅一样。那时我上六年级，打开留在书桌上的一张纸，读到从杂志剪下的字母组成的字句："人人恨你因为你是大冒牌货。"我回想起曾自问，我是冒牌货吗？我难道没有从图书馆借出那些对我还太难的、满页蝇头小字的书？那是不是证明她们没错？这纸条搅动了我的心灵泥潭——内疚怯懦，还担心我有多么渴望被钦佩被爱，就有多么不配——而我，窝囊废，哭鼻子虫，由着她们污蔑我。冒牌货！我冒牌得还不够。荣耀归于诡计，归于小丑面具，归于遮掩软心肠的德拉库拉①之脸。披上盔甲绰起长矛。用一通虚伪痛击吧，只要能抵御吸血鬼。

老生常谈往往是瞎谈，但残酷乃人类生活的真相这句话并非如此。我们必须靠近些，近得可以嗅到她们切口的血，嗅到女孩子在"巫帮"所品尝的密谋与戏剧性险境的战栗；近得可以感受到她们从伤害爱丽丝中所汲取的乐趣，看到爱丽丝在又脆弱又要出类拔萃的同时，怎样拔掉自己的尖牙，正如我在她之前所做的。

但是，我自语道，你不再是十二岁了。你的獠牙也许不是最锐利的，可它们再次崛起，现在你可以行动了。我打了七个电话，给七个妈妈解释道我要放一周假，不过这一周内每个女孩子都得写下所发生的事，用诗歌或者散文，最少两页。余下的课程会以不同的方式处理那些材料。我口气强

---

① 德拉库拉（Dracula），十九世纪英国作家布拉姆·斯托克（Bram Stoker，1847—1912）所著小说《德拉库拉》中的吸血鬼之王。

硬。虽然担心“旧账重提”的咕哝声依稀可闻，但最终无人反对我，就连洛尔凯夫人也没有，看起来她被整场渎神的乱局真切切摇撼了。

亲爱的妈妈：

爸爸搬入了一家旅馆。我不确定究竟发生了什么事，不过星期四我们一起用餐，他答应对我讲，决不撒谎。我对他说他真该给你写信，他说他会的，但我得告诉你电话上他听起来伤心透了，调子慢吞吞的。他可算不上开诚布公，妈妈，可我会及时给你打报告。过十天我就在邦登了，亲爱的小妈咪，我会翻跃你的门，抡开胳膊缠绕你！

你自己的黛茜妞儿的爱

A. 鲍里斯甩了暂停。

B. 暂停甩了鲍里斯。

C. 韵事持续，但双方认定暂居的住所太小，遂去旅馆。

D. 两人一致同意分手。

E. 以上都不是。

B 不如 A，C 不如 B。B 不如 D。E 是未知数，或者说 X。因为 A、B、C、D 和 X 而打翻了心里的五味瓶。萦绕起浪子夫婿怀着一腔撕心裂肺的悔恨匍匐或跪倒的畅意幻想。要么，夫婿之心被法国女郎敲碎的稍逊一筹的幻想。略微反省自己千疮百孔之心的冲突状态。未曾啜泣。

随后，星期三晚上，大约九点半，我躺在沙发上为自己悄声诵读托马斯·特拉赫恩①，脸上覆盖着绿兮兮的泥膏面膜（买来这种调配品是因为制造商承诺它会使我这样垂老的脸柔软光洁，倒没直说，不过标签上的委婉语“细纹”挑明了意图），这时听到隔壁的他，火爆皮特，嘶叫着两个烂熟的秽语，一个性行为的形容词和一个女性生殖器的名词，反反复复，每次言语攻击都拳打脚踢一般令我的身体发紧，我便走到通往庭院的玻璃门处，驻足眺望邻居家朴实无华的矮房子，可是窗户里不见人影。还未漆黑，黛蓝的天空描过一缕缕灰烬云更黯淡的余迹。我打开门，踏上草坪，裹身在燠热的空气中，西蒙的啼哭声传来，接着前门砰地一响。我看见皮特疾跑的身影，听到车门脆响，点火，马达启动，轮胎打滑，只见那辆丰田卡罗拉遁入空荡荡的街道，猛然左转，大概去镇中心了。随后，透过窗户，我看见洛拉抱着西蒙跨入客厅，头低垂，一边颠摇着孩子，而弗洛拉跟在后面，梦游似的。他们安然无恙。

我停顿了几分钟。赤脚没入暖草，伫立着，深不可测的

① 托马斯·特拉赫恩（Thomas Traherne，1636 或 1637—1674），英国诗人。

忧伤涌来。刹那间，我为整个人类的命运忧伤，仿佛被骤然卷到空中，像哪本十九世纪小说里的全知叙述者，俯瞰有缺陷的人类景象，惟愿事情不同。并非截然不同，仅够为我们中的一些人免去这里那里的一点痛就可以了。这愿望不过分，肯定，不是什么乌托邦幻想，而是一个清醒的叙述者的愿望。她甩着夹杂斑白的红发，恻恻悲悼，悲悼因为有理有据去悲悼卑鄙、暴力、寒碎、伤害之事的生生不息。于是我悲悼，直到门打开，三个邻居从房子浮现出来，穿过草坪，随我进屋。

实际上是四个，因为弗洛拉带来了莫基。她仅穿着灰姑娘内裤，踏草坪朝我走来的时候，切切叮咛他说没什么大不了，千万别担心，千万别哭，会好起来的。孩子拍打身旁的空气，给它一个吻，等我们走进去，她刺溜上了沙发，蜷成胎儿状，闭紧了双眼。我留意到她没有戴假发。我在弗洛拉旁边坐下，给洛拉指了一把椅子，见她像骨节作痛的老太太一般沉下身子，奇怪地面无表情。看起来她一滴泪也没洒——脸颊干着，眼白未泛红色——但胸膛随着大喘气一起一伏，好像奔跑过。我把手轻轻放在弗洛拉背上。她撑开一只眼接应，笼统一瞧，说："你是绿的。"

我想起美容品，伸手从脸上掠过，急匆匆洗了又回屋，发觉洛拉流露的疲惫最是历历在目。她穿着某种合成面料的佩斯利涡旋纹图案薄睡袍，从颈上散落开，右乳房几乎袒露无遗。一绺绺金发乱蓬蓬垂在眼前，她也不费神理理睡袍或者撩开头发。她蔫蔫的，已无神可费了。西蒙吸溜吸溜哭着，用脑壳蹭紧了妈妈的胳膊，但她纹丝不动。我把小人儿抱起来踱步，抖摇着走来走去。她也不抬眼看我，口吻坚定地说："我今晚不回那边去了。我不想在那边见他回家。今晚不。"我让他们睡我的床，她说："我们可以一起睡，我们四个。床是特大号的，对吧？"

我们便一起睡了，四个或者五个，看你怎么数。我从布尔达家储藏的烈酒中给洛拉斟了两小杯威士忌，又把西蒙摇入梦乡，搁在床上，只见那穿连脚蓝睡衣的婴儿浑圆的一团，从胸膛响亮地呼吸，小嘴兀自噘起又松开。我搜腾出埋藏的小毯，将他裹起来抵御空调，接着抱来迷瞪瞪的弗洛拉。盖毯子时她哼了一声，但很快翻身睡熟了。我返身后，和洛拉坐了一会。她不想谈皮特。我问吵架的事，她却说他们打打闹闹真是愚蠢，总是无事生非，就为一点鸡零狗碎。她厌倦了，厌倦了皮特，厌倦了自己，有时甚至厌倦了孩子。我几乎不吭声。我晓得这当儿我是露天地，收容话语之处，而不是交流者。随后，不见起承转合，她讲起上学的头三年她一字不吐。"我在家说话，和父母兄弟说，可在学校决不开口，跟谁也不说。学龄前的事大多记不清了，可幼儿园的事还记得一点。我记得弗勒德迈尔太太凑到我跟前。她脸盘真大，那么近。她问我为什么不回答她。她说这样不礼貌。我清楚。我想对她说她不懂。我只是做不到，"洛拉瞧了瞧双手，"妈妈说一年级某个时候我在学校嘀咕起来。她欢天喜地，她的丫头会嘀咕了。然后呢，我想我就一点一点拔高嗓门了。”

洛拉贴着孩子安卧，我坐在床沿，把她的头抚摩了大约二十分钟。她才比黛茜大两岁，我自忖着。我想到她，洛拉，在学校讲不出话的喑哑小姑娘。在家外的、陌异的地方对启声说的焦虑。像世间万物，这状况也有名字，选择性缄默症，在孩童中并非十分罕见。我又想到和我一起住院的年轻女人，却怎么也想不起她的名字。她也一言不发。消瘦、煞白、金发，使我联想起从浪漫主义时代游来的痨病鬼。只见她沿着走廊硬邦邦地荡来荡去，驼着背，长长的萧索的苍发遮帘似的投掷在面前，持一只塑料壶，将它紧紧挂在嘴边好朝里吐痰，有时悄寂，有时从肺部聒噪地抽出一团团黏液，引其他病人嗤笑。一次，我看见她一溜烟跑到公用区的沙发后面，猫下腰没影了，片刻之后听到往壶中呕吐的惊涛骇浪。兜里翻。外者置外。封存我，紧如鼓皮。闭我的眼。合我的嘴。闩上门。拉下窗帘。留我在无词的私室，头脑颠倒的堡垒。可怜的姑娘，如今在哪儿？

我在弗洛拉旁边找了一处，总算睡着了，虽然过夜客人的睡乡协奏曲不绝于耳：小西蒙鼻涕壅塞嗖嗖的，弗洛拉咂巴食指啧啧作响，还有洛拉，没完没了地嘟囔，蹦单个字。好几次，她轻嚷着：“不。”尽管和他们同床共枕，我的心思却四处蜻蜓点水，沾起鲍里斯和西德尼和暂停和搁浅的性爱日记。我想起写过在性高潮的恣肆中惊破的无数梦境，或许还写过 F.G.，我称他为吃草汉，因为他贪着我的身体上上下下又啃又嚼，好像那是肥美的绿地。接着我给自己几分钟来表达对生源说幻觉的出离愤怒，此学说称，可能精确计算出基因对人类的影响相对于环境之影响的百分比，我开始打腹稿犀利抨击。而我记起的安抚情绪的最末一件事，即回溯到特拉赫恩和他的那首《水中影》，仅几小时前我读了数遍。我相信，这回转得力于我对莫基的胡思乱想，寻思他是不是无形无迹躺在我们之中，那个只能慢飞的长发小鬼强壮而狂野，却在父母发作之后需要安慰，需要他矮极了、胖乎乎、新摘了假发的杜撰者来拍打和亲吻。

哦你伫立在边上，
近在咫尺，被我从裂缝
怀着惊叹目睹：彼处你穿戴
怎样的脸，谁的脚，谁的身体？
我从你看到
众友，另一个我。
他们像异客，却是我们；
第二自我是这阴影变幻。

我让皮特吵醒了，去接他的电话，不是面对面。他的声音不气恼，却沉着，礼貌而勉强，找“我的妻子”。我看不到来客——床空着——但听见他们在厨房。弗洛拉胡诌着歌儿；碗碟乒乓，撞击的东西闷响，接着飘来了烤面包确凿的味道。

洛拉在卧室接电话那会儿，我抱着西蒙，监督弗洛拉吃早餐的第二道：烤面包夹果酱。每咬一口，她就在空中挥一挥，还在黑白瓷砖上穿梭行进，不辍歌声。婴儿将奶吐满了我的睡衣上身。反刍奶温簌簌的气味，从衣布渗进来濡湿皮肤的污渍，我妥妥贴到胸膛的又蠕动又顶撞的小身体，勾起了和我的黛茜在一起的旧日子，我那顽烈、翻腾的黛茜宝宝。她出生后头几个月，我搂着她几小时团团转，一边往耳朵的微小蜗旋里吹送安慰的话，唤她那动听的名字，翻来覆去，直到感觉她绷紧的胸脯四肢松弛下来。我只养过一个孩子，并不容易。而洛拉养两个。妈妈也养过两个。洛拉从卧室冒出来的时候，停在门口，神秘地莞尔一笑。我猜是不是秽语轰炸机皮特乞求原谅引她发笑，要么是我搂着嗷嗷乱叫的西蒙，样子太滑稽。在双臂开弓揽过两个小负担，步履沉重地涉过草坪去见那落魄惭愧、醒了酒的丈夫之前，言简意赅的洛拉说道：“从来不变。总是老路数。你兴许想我该看透了，对不对？可是，我不在家，让他吃了一惊，吓着他了。谢谢，米娅。”

善良老妈妈米娅，孤身躺在空茫茫的特大号床上，内在语言和记忆、词藻思绪和疼痛盘旋着渗入白床单的苍漠。米娅，黛茜之母。米娅，丧失之母。曾经，鲍里斯之妻。但是哦沉重的变迁，如今你已离去。哦脑海里的弥尔顿。哦缪斯。哦米娅，狂想的衰人，气势磅礴的麻瓜，莫悲切！卷起挫折，擦掉污渍，踢开鞋袜，为自己唱支吊儿郎当的曲儿，当你无王陪伴，在那吱嘎作响的床的纵帆船上伶仃航行，为你不应设花里胡哨的王后、嬉笑着脸的吟游诗人，而是国王。

星期四下午。鲍里斯如是写道。包括旁注：

米娅：

和［法国爱恋对象的本名］分手了。我待在罗斯福旅馆。过去两周我思量自己的生活，比任何时候想得都多。对我真是个黑暗的时期。我甚至打电话给鲍勃［在洛克菲勒做研究的精神病专家朋友。这里的“甚至”是鲍里斯力所能及的最激进的陈述之一例。他总是顽固而猛烈地抵制一切形式的精神疗法的干预。给鲍勃打电话暗示了孤注一掷。］对我醒目起来的是，为了逃避自己的一部分，自己过去的一部分，我太莽撞行事了，而你因此吃了苦。［说明：母亲、父亲、斯特凡，而且记住，鲍里斯是科学家。他的散文将闷声跋涉而行。似乎与职业匹配。］当［年轻的法属勾魂女的本名］和我在一起，我发现自己老跟她说起你。这个，如你很可能想象到的，并没有受到赞许。她也因我的居家习惯或者说习惯的缺乏而恼怒。［说明：烟屁股在烟灰缸里高垒，公寓处处可见成堆的《自然》《科学》《脑》《基因组学》和《遗传学周刊》上的近来在读的论文，衣服满地板飞。另说明：尽管持三个博士后证书，坦言自己无法掌握洗碟机、洗衣机或干燥器的技术应用。］我逐渐看清远观时把她理想化了，我怀疑她对我也有同感。［虚幻不再蒙蔽现实。］共事和共同生活不一样。［可不是，老弟。］我希望见你，和你谈谈。想念你。今晚我和黛茜吃饭。

鲍里斯

我总结出现实与A或B或D相符。看起来C和X都被排除了。

——

如果鉴于发生之事，这封短函使你诧异地觉得不够动情，我并不能反对，可是到底你没有和这男人共度三十年。鲍里斯谨严正直。我知道他写的每个字都经过推敲，千真万确，而我也知道这男人行为偏呆板。在一些人身上，这确实表明缺少内在情感，但鲍里斯是例外。整封信关键在三句："对我真是个黑暗的时期。""我甚至打电话给鲍勃。"以及，"想念你。"

鲍里斯，我回复道。我也想念你。可是，你的信转弯抹角，究竟谁离开谁了？你可以理解从我的角度，这并非无所谓。如果暂停把你扔到大街上，致使你重新考虑我们的婚姻，这截然不同于另一种情形，即因为与我先前的关系，你重新考虑与她的关系之后，决定离开她。两者也有别于共同决定分道扬镳。米娅

（既然他没有写“爱”，我断然不会屈从于这个怀着鬼胎的名词。）

刺激的事通常一窝蜂袭来。一处角落的骚动常常以同样的喧腾映现在另一处。无缘无故。关联并非原因。借用一位知名美国小说家的遣词，那只是“机遇奏乐”。波澜不兴的漫漫倦日被骤发的事件尾随，如此这般在皮特从妻儿处狂嚣而去之后的那个早晨，另一场规模一致的戏剧化出发在罗灵梅多斯登台了，这是我每日探望母亲时发现的。雷吉娜去了趟美容院，为她的长发“专业盘头”，又打点好两只手提箱，给三只天鹅打电话宣布她再也忍受不了被囚禁的生活，接着一甩公寓的门，沿走廊快步迈进（或者说尽可能快，鉴于她孱弱的腿）。母亲和佩格（阿比盖尔身体欠安）把逃兵追到了前门，在那儿盘问她到底怎么了。她的三个女儿劝她留下来。出了金表和丰满的酒吧女郎的事儿以后，她和奈杰尔吹了，是不是？数秒之内，她们看出雷吉娜压根不知道自己要去哪儿。她的逃离是纯粹的逃离，没有目的地。而

且，她信口乱说韦斯特贝格医生，称他威胁自己，要不“脱身”，她认定他会“把她关起来”。一刻钟之后，母亲和佩格将她哄回了公寓。接下来涕泪纵横，但末了，她似乎听天由命，答应朋友们待着不动。

第二章：就在我赶到的两三个小时前，母亲敲雷吉娜的门，想探一探她的精神状况。雷吉娜不让进。不仅如此，她还声称用家具抵住了门来挡开敌人，特别是韦斯特贝格。母亲讲述的时候，悲伤地摇头。我只能同情。妄想狂发作起来，对妄想狂患者讲恐惧属于捕风捉影，是无济于事的。我理解。我的脑筋也错乱过。因此，竭力与蛮不讲理的朋友讲道理而败退下来，母亲就去护士那里报告二七零六室的事态，医务人员被召集来了，包括恶魔化的韦斯特贝格。门锁打开，家具从门道挪走，之后雷吉娜自己被挪往明尼阿波利斯的医院，接受“检查”。

讲完这件事，母亲的目光凝神，似乎穿透我。她神色凄凉。看起来，凄凉感将所有人围猎。我坐在她身边，握着她的手，不作声。

“我想她不会回来了，”母亲说，“反正，不会回这里来了。”

我捏紧了母亲的瘦指头，她也捏紧了我的。从窗口，我望见一只知更鸟落在庭院的长凳上。

“她那会儿真有胆量。”母亲说。我留意到她说的是过去。

又一只知更鸟。一对儿。

母亲谈起哈里。一切失落向哈里折返。她常常提起他，但这次她说："我想知道要是哈里没死我会怎样。我想知道我的情形有什么不同。"她道出我已知晓的：哥哥死后，她下决心为父母表现得完美，决不让他们伤心，决不。她竭尽全力，可是并没有奏效。接着她说出了从未吐露的，声音几乎听不见："有时候，我猜他们希望死的是我。"

"妈妈！"我厉声说。

她不理会，只管倾谈。她还会梦到哈里，她说，不总是好梦。她会发现他的尸体躺在公寓的书架或者椅子后面，而她弄不清为什么他不在波士顿的坟墓里。一次梦里她父亲出现了，质问她把哈里怎么了。比阿和我小的时候，她说，她时不时恐惧，怕什么疾病事故把我们夺走。"我想保护你们不受任何伤害。现在还是，可不起作用，对吗？"

"嗯，"我答道，"没作用。"

然而，母亲的忧郁没有持续。我告诉她鲍里斯联系过，令她喜忧参半，一起斟酌几种可能的结果，讨论我想要丈夫怎么样，而我发觉自己并不确知。我们又掂量黛茜的演艺生活，好个朝不保夕，可这孩子难得那么懂事。后来，我还在的时候，比阿打来电话，我听见妹妹的俏皮话引得母亲发笑，吃饭那会儿，她又冲着我的一句捧腹大笑。告别时她搂紧了我，看来她早先的阴云已散，当然不是永远，只是这个夜晚而已。十二岁的哈里寸步不离，母亲童年的那个亡魂，那个空洞的形象，是父母的希望所寄，是她为活着而内疚的原因所在。我见过她的老照片，六岁的母亲依此浮现出来。红头发。尽管黑白照看不出，我借助想象添了红色。小劳拉站在哈里身旁，比他矮一头。他们都穿着镶海军蓝的白色水手装。两个孩子都不笑，而母亲的脸吸引我。恰巧是她，向前眺望，面对将来。

—

以下，不夹杂评论，是次日鲍·伊与米·弗之间由飞驰的二十一世纪工业实现的书信体对话，关于可能发生的 A、B 或者 D 场景，等等。

鲍·伊：米娅，发生了什么，真的要紧吗？我们之间了结了，我想见你，难道这不够吗？

米·弗：打个颠倒，我是你，你是我，对你要紧吗？这关乎你的心境，我的老伙计。内心被法国式的抛弃所噬咬，孤苦无助，配偶认定与老忠贞重修旧好会更有益处；或者，侦破自己的错误行径，丈夫识穿愚蠢（哈，哈，哈），恍然悟到：从曼哈顿上城①，糟糠老妻比较中看。

① 曼哈顿上城远离曼哈顿中城，房租较低，甚至许多纽约本地人也将其视为外围区域，排除在纽约人所谓“城里”（The City）的范围之外。

鲍·伊：咱们能撇掉冷嘲热讽吗？

米·弗：你凭什么觉得撇掉了我会挺得住？我原本还疯着。

鲍·伊：她跟我断交。但这事儿已经断了。

米·弗：我的脑筋断过，而你只往医院跑过一趟。

鲍·伊：他们不让我去。我试图去，可他们拒绝了。

米·弗：你想从我这儿得到什么？

鲍·伊：希望。

等到次日我才能回应"希望"。我梦想过的逆转来临了，而我自觉硬如燧石。早上我给大鲍回复道："追求我。"

而他，鼓起浪漫劲儿，写道："行。"

——

颇有些时日未见无人先生来信，我担心起来。我们本来绕游戏的主题来回抛球，也就是以游戏为戏。他先来一个德里达快球，无尽的逻各斯游戏，绕不到头也沉不到底，一纸空文的有为与无为。接着我掷去弗洛伊德的《回忆、重复与修通》，文中受尊崇的医生告诉我们，移情，这片分析师与病人之间的鬼气森森之地，就像一个游乐场，介乎疾病与真实生活之间、人可以变成另一个的某处地带。随后他砸过来引自顶天立地者本人的漂亮话："谁若对我说仅仅把缪斯用作玩物和消遣是降低其身份，谁就不似我一般知晓娱悦、游戏与消遣的价值。我几乎会说其他目的皆荒谬。”我以温尼科特①和维果茨基②反击，后者死于一九三四年却是我新近青睐的，这之后，我的大放厥词的幽灵沉寂了。

我断定时间过去太久了：“一切可好？我挂念你。米娅。”

读书俱乐部庞大，真菌一般四处涌现，这种文化形式几乎全由女性主宰。实际上，如今读小说常常被视为女性化的追求。很多女性读小说。大多数男性不读。女性读男女小说家。大多数男性不。要是男人打开小说，他喜欢封面印着男名，这好歹令人放心。天知道外生殖器会遭什么罪，如果你沉浸在那东西朝里的人烹调的虚构言行之中。而且，男人爱吹嘘自己忽视小说：“我不读小说，可我老婆读。”似乎，当代文学想象力格外散发着阴性的气息。想想萨巴蒂尼：我们女人擅长唠叨。可说实话，自十七世纪晚期小说诞生以来，我们就是其热情的消费者，那时候，读小说沾染着私密气息。你还记得本书中的夸夸其谈，如其所言，女性纤细的心灵很容易因为暴露在文学中而遭啃啮，小说尤甚，充斥着激情与背叛的故事，疯修士与浪荡儿，跌宕起伏的胸部和花花公子，损毁的与被损毁的。作为年轻淑女的消遣，读小说就

① 温尼科特（Donald Winnicott，1896—1971），英国心理学家。

② 维果茨基（Lev Vygotsky，1896—1934），苏联心理学家。

是为伤风败俗之事满脸飞红。道理：阅读是私人爱好，常常掩了门进行。淑女可能携一本书潜隐，甚至带到闺房，斜倚着绫罗绸缎，沉酣于鹅毛笔酿造的瑟瑟颤栗，其中一只手，未必要握紧小书卷，兴许漫游起来。简言之，恐惧的是单手阅读。

星期六下午五点，罗灵梅多斯读书俱乐部在图书室聚首，小块三明治甚至小杯葡萄酒相佐来讨论小说家简·奥斯丁，《劝导》的作者，好讽刺的观察者，人类情感的精确解剖师，天赐的文体家，废弃变态修士却保留了“德行终有报”观点的作家。毁誉参半，她叫批评者手忙脚乱。“任何图书馆，只要不藏简·奥斯丁一本书，都是好图书馆，”美国文学骄子马克·吐温如是说，“即使不藏别的书。”卡莱尔管她的书叫做“沉闷的糟粕”。而到如今她还被指责为“狭窄”和“幽闭恐怖症”，当做专事女性的作家被草草打发。外省生活，不值一评？女红，不足挂齿？当然，轮到福楼拜就刮目了。可怜这帮蠢货。

你可能还记得要我去介绍来龙去脉。东修西补一番，把我的散文从煽动驯为酥口，再拉拉杂杂一堆伟大的简踉跄于两个文学时代之间并为小说开创了新路之类的话，从上所述你可以窥见我的言中大意，无须赘述了。

讨论者：余下的三只天鹅，我母亲，装备了该小说标记清楚的版本；阿比盖尔，看起来越发对折下去，羸弱至极，穿着刺绣精美的绘龙衬衫；温柔敦厚的佩格，一派乐天的样子。还有三个我新结识的女士：贝蒂·彼得森，尖下巴，眼神更尖利，她给一家贺卡公司写幽默文本来贴补家用；罗斯玛丽·斯内斯拉德，曾是八年级语文老师；多萝西·格莱德，格莱德牧师的遗孀，他一度主持过阿普尔街莫拉维亚教会的小教堂。

环境：两只沙发面对面，套着刺目的绿紫色印花布，叶饰咄咄逼人；两把填充椅，外表温吞得多，也相对摆放着。它们全绕着椭圆形的长咖啡茶几，一条茶几腿不稳，不知怎么碰一下就会阵阵颠簸。那一头墙上三扇窗户，望得见院落和凉亭。书架上有书，大多数萎靡地躺着或乱糟糟倚着隔板，可难得有几本对得起图书室一词。楼中一片阒寂，仅被附近走廊嘎吱的脚步声和偶尔的咳嗽打断。

争论：年轻的安妮·艾略特是不是该听从她虚荣、愚蠢、挥霍的父亲，虚荣而冷漠的姐姐伊丽莎白，好心好意、仁慈却极可能被误导的忘年交拉塞尔夫人的劝告，和疯狂爱恋的温特沃思上校分手，因为他仅有前途，没有财产？你大概注意到了，一般来说，俱乐部成员看待书中人物的方式与看待书外的一般无二。前者由字母而后者由肌肉、组织、骨骼构成的事实也无关宏旨。你可能想我会不赞成这个，我，历经当红文学理论的磨炼，踩过语言学的转折点，见证了作者之死并以某种方式从末人①中生还，度过了现代阐释学的

① 原文为法语 fin de l'homme，指人的目的，人可以达到的界限。

生涯，瞪视过意义死角，沉思过延异[1]，为 *sein/Sein*[2] 的对比忧心忡忡过，更别提那个晦涩的法国人用小写 *a* 与大写 *A* 相对，再添一大堆我得在余生拆解抚平的知识疙瘩和皱纹，但你可能错了。书是阅读者与读物之间的合作，最好的情况下，这种邂逅和别的爱情故事一样。回到争论点：

佩格抱乐观态度。因为安妮最终得到了温特沃思，皆大欢喜。

阿比盖尔激烈反对："蹉跎了年华！谁有时间蹉跎年华？"笃定的话音一落，桌子跛向一侧。玻璃杯滑动。罗斯玛丽·斯内斯拉德一把抓住。没有坠地。

与蹉跎相关的窘迫沉默，沉默之中我的沉默，探询着蹉跎年华，未做的，未写的。

多萝西·格莱德插入了文学之外不见天日的可能性："他兴许会淹死在海上的！那她就得不着爱了。"

我建议紧贴原文，其中并未提到哪场海难。

母亲指出想象的尺度，以家庭责任抗衡激情。想一下疏远家人的痛苦。那也得斟酌。安妮是左右为难。对丧母的安妮来说，和拉塞尔夫人决裂等于和母亲决裂。

罗斯玛丽·S. 赞同我的母亲。据斯内斯拉德哲学，人生的抉择"很棘手"。

---

① 原文为法语 différance。

② 德语，指存在。

贝蒂·彼得森拽来那不招人待见的艾略特堂兄，他注定继承家族准男爵爵位："她本来可能和那条游蛇结婚，幸亏她的朋友，啥名字来着，透露了那人的底细。拉塞尔夫人完全给糊弄了。"

阿比盖尔愈发横眉竖目，坚持说践踏人的欲望太扭曲。峻烈的宣言伴着桌面的隐隐铿锵声："这损毁灵魂！"桌子点头称是，但佩格咂了咂舌头。言及损毁，对万物的光芒是个威胁。

母亲肃然盯着朋友阿比盖尔，明白并不是安妮的灵魂被损毁了。伛偻的阿比盖尔颤抖着，胳膊在绘龙衬衫下瘦骨棱棱。我盲目地揪心起来，她的情感强度不会将脆弱的骨头震碎吧。我掉转话头，谈起男人、女人及忠诚的问题，这是我心之所系的。讨论者怎么看安妮在与哈维尔上校交谈中表露的关于男女的观点？

> "是啊，我们忘记你们当然没有你们忘记我们那么快。也许，与其说这是我们的长处，不如说是命运。我们在家中生活，安静、拘束，七情六欲以我们为猎物。你们不得不施展抱负。你们总归有职业、追求，这样那样的责任，带你们即刻重返尘嚣，应接不暇的事务和变化一眨眼就削弱了印象。"

除了我，房间里没有七十五岁以下的女人。两个教师、三个家庭主妇和兼职为贺卡出点子的，本来都可能生在机遇乡，但机遇切切取决于阴部的性质。我想起母亲的话：“我老想我该读下去，起码拿个硕士学位，可时间太少，钱也不够。”母亲在厨桌旁手持法语语法书的形象骤然浮现了，嘴唇默默翕动，重复动词变位。

哈维尔掷出重磅炸弹反驳安妮，而又不失风雅。

> “……有生之年，我想不起打开哪本书，里面不讲点女人的反复无常。俗语歌谣，都在谈女人怎么水性杨花。不过，你也许会说，这些都是男人写的。”
>
> “也许吧。——嗯，嗯，请容我说，别举书上的例子了。男人讲起自己的故事来各方面都胜过我们。他们尽享更高等的教育；笔握在他们手里。我认为书证明不了什么。”

当然，写下这些话的笔握在奥斯丁手里，也是干净利落的手。这女人的笔迹明晰精确一如她的散文。而笔，亲爱的读者，如今在我手里，而我索取这一优势，为己挥舞，因为你会注意到黑字藏着书写人的身影。不管你眼见耳闻的，没准儿我是乔装的男人。不大可能，你说，以这一切四处飞旋的女权主义胡诌，可你能确定吗？黛茜在萨拉劳伦斯学院时有个女权主义教授，响当当的汉子，也结婚生子，约克郡人，为女性怫然而起，是第二性卓然的辩护人。不管你知道什么，米娅真可能是莫顿。我，你私人的叙述者，可能戴着假名面具。

言归正传：不奇怪，罗灵梅多斯的女人们支持安妮。连一贯灿烂的佩格也承认，和她五个“出色的孩子”在家，有时她渴求一些消遣，有时她的七情六欲以她为猎。随后，冷不丁一阵亮底，根深蒂固的乐观派坦言道，有些日子她“疲惫不堪心灰意冷”，而以她的阅历，善于忘记女人的男人远远多过善于忘记男人的女人。他们不是在妻子“过世”才几个月之后就转而续弦吗？（我硬把鲍里斯还没等到我死这句话咽回去了）

贝蒂奉上趣语：“我是女人。休想把我打倒。我累垮了！”

笑声哄堂。

罗斯玛丽指出谁打破了女人等待、憔悴、企盼的规则：雷吉娜。

窃笑。

母亲挺身维护天鹅伴儿：“不过，她得着乐趣了！”

阿比盖尔颔首，深情地瞧了瞧母亲，拔高沙哑的嗓音说：“谁说我们大家不该多得些乐趣！”

谁说？肯定不是我。不是母亲、多萝西、贝蒂、罗斯玛丽，甚至不是佩格，尽管后者抛出陶然论调，她们这会儿就享着乐趣，不是吗，就在“此时此刻”？的确，在及时行乐的感触下，这一屋子蓬荜生辉，若不是真切切的，那么就是象征性的。

随后，或欣然点头，或悄悄呷饮，又离题聊起七点在放映室放的电影《一夜风流》，引发对克拉克·盖博的一番出神遐思，絮谈着过去的电影把现在的甩了几条马路，天哪，中什么招了？我主动说现如今好莱坞电影专为十四岁的毛头小子制作，涉世不深的观众群，甚至把片子谈锋劲朗的苗头都消磨殆尽了。放屁、呕吐和精液取而代之。

我当时挨着阿比盖尔坐，将她的手握了一瞬。她叫我去看她，并非随口说说。她有些急事要谈，非得这几天不可。我答应了，接着阿比盖尔滞缓地运布力量，把助行架拉到跟前，勉强站起，小心翼翼地碎步移动，向着她的公寓。

几分钟之内，活动结束了，还没等我说出一切人类题材尽在文学的视野中。无需浸润于哲学史，我便可坚称艺术中无规则，那些认为存在着教条法则与禁区的浑虫小丑都不接地气，而且，叫嚣“广博”优于“狭窄”或者“雄劲”较“阴柔”引人入胜的等级观念是无理可喻的。若无偏见，艺术中不会杜绝任何情感的表达，不会禁止讲任何故事。愉悦在感受与讲述之中，就是这样。

黛茜发来的：

嗨，妈妈。和爸爸吃饭还好。他看起来好点儿啦，至少刮了胡子。我觉得他真的、真的很难堪。他说希望你能如其所是地看待他的“插曲”。他还提到了“暂时神智迷乱”。我说你才是那样，他说兴许他也如此。妈妈，我想他是真诚的。你知道，你们两个反目我很难过。

爱你亲你，黛茜

然而，我不能扑向黛茜她爹。反思往事，我了悟到有多重视角将之审视。通奸既普通又可恕，就像遭变心的配偶的狂怒。大家都食人间烟火，不是么？我承受了自己的法国式闹剧，由我朝三暮四的丈夫领衔主演。难道“不念旧恶”的时候未到吗，借用这个腐朽成语？宽恕是一回事，忘记是另一回事。我无法拈来遗忘症了。守着对暂停或插曲的记忆和鲍里斯过日子，意味着什么？我们之间两样了吧？会有何变化？人能改变吗？我想和以前一样吗？可能一样吗？我永远忘不了医院。神智裂片。不管好歹，我和鲍里斯如藤缠绕，以致他的离去是种撕扯，令我尖叫着坠入疯人院。难道这种我自觉老掉牙的恐惧，不是对嫌弃、非难、遭人厌的恐惧，一种甚至可能比明晰的记忆更老的恐惧？一连数月，我沉溺于盛怒哀切，可夏天以来我的心智在浑然不觉中渐渐变了。S. 医生看在眼里。（顺便说，我十分想念她）读着黛茜的信，我感到那些潜意识的、还未诉诸言语的思绪浮了出来，织成句子，在脑勺之中找到了扎根处：一部分的我已习惯了与鲍里斯永别的想法。对这个发现，没人会比我更震惊。

随后的周一，幕布得拉开了，七个不自在的女孩和一个努力掩饰焦灼的诗人，在艺术协会围坐桌旁。钝滞感似乎抓住了七个年轻的躯体，好像不可见的浓烈气体释放出来，倏地熏她们昏睡了。佩顿将双臂叠在桌上，耷拉下头。琼和尼基照旧并坐一处，沉默得几乎凝固，浓抹的眼皮垂着。杰茜双肘撑着桌面，下巴落在手窝中，神情已恍恍惚惚。埃玛、阿什莉和爱丽丝全都霜打了的样子。

我挨个看过去，突然一阵冲动，高声放歌。唱的是勃拉姆斯的德语摇篮曲："晚上好，晚安，点缀着玫瑰纷纷①……"我的嗓子不甜但是耳朵灵，我让颤音听起来理直气壮地荒唐。她们流露的惊诧和茫然把我逗笑了。她们没笑，可至少从倦意中激灵醒了。该我发言了。话中主旨是一个有七个人物的故事也可以是七个故事，就看讲述者的身份了。每个人物将以自己的方式审视同一事件，将有稍微不同的行动动机。我们的任务是弄懂一个真实的故事。题目也起好了："巫帮"。叽里咕噜声荡开了。本周我们会每天碰面，弥补缺课。今天，每人都要读自己的文本供大家讨论，可接下来的四天，我们要互换位置，从他人的角度写故事。比如，杰茜可能变成埃玛，琼变成爱丽丝，或杰茜变成阿什莉，我变成尼基，等等。桌边人瞠目而视，交换着忧虑的眼色。周末，我们会有一个全班撰写的故事。诀窍是，或多或

① 原文为德语：*Guten Abend*，*Gute Nacht*，*mit Rosen bedacht*。

少，我们得同意其中的内容。

实话说，我毫不知晓这是否行得通。并非没有风险。注意：一九七一年斯坦福大学迄今知名的心理学实验。一群小伙子，全是大学生，分别饰演囚犯和看守。几小时之内看守开始折磨囚犯，实验叫停。残酷戏剧成了现实？假戏真做？这七个的可塑性如何？

我先小结自己的体验：上课时的怀疑，纸巾引起的困惑，什么阴谋在酝酿的隐约感觉。我还提到了小姑娘时也曾卷入类似的故事。我没说自己扮演的角色。你，彼处的朋友，差不多将免受小毛孩散文的索然无味；比诗歌更糟。（无一人选择用诗描述巫婆丑闻）只要说这些语法错误迭出的蹩脚作文处处龃龉就足够了。每篇读完，齐声喧哗，都是老一套的“我从来没说过那个！”“你的主意，不是我！”“完全不是那么回事！”有些口角无关紧要，何时何地何人。“你把死蟋蟀放进配方的，不是我！”“问我妈妈。她看见你从浴室出来，血顺着胳膊往下滴，记得吗？”然而，为阴谋的辩解此起彼伏：她们一开始都喜欢爱丽丝，可是渐渐地，她以她们讨厌的方式出风头。历史课上她成了阿博特先生的“宠物”，总是满腹答案地举手。她在明尼阿波利斯的百货商店买衣服，而不是邦登的购物广场。她成天读书，显得“沉闷”。阿什莉的梗概包括爱丽丝在校园戏剧中担了回主角儿，这次“走运”之后，她就变形为“不折不扣的势利小人”。密谋的女巫之间起初为“报复爱丽丝”闹的“小乐子”，颇蹊跷地一发不可收拾起来。这一版本的故事中没有原动力，只是感觉的潜流，咒语一般绕得姑娘们不辨东西。比阿和我成长时曾有一语将其形容：“碰巧地故意”。听了这句，难为情的笑意弥散开了，自然除了爱丽丝，她钉眼钻研着桌面。

她最后一个读。虽说不得不讲的故事丑陋，她却把自己塑造成简·爱或大卫·科波菲尔式的主人公，在她的年纪我也深爱那些受冤屈的孤儿，而她用心写了这个故事。尽管充斥形容词又夸张过度，而且少不了措辞不当（“折磨人的”误当作“受折磨的”），却淋漓道出她融入团体的强烈需要和身为弃儿的痛苦。听着她，我猜她的戏剧角色虽不能为她赢得每个巫帮成员的爱，找到角色对她已是获益匪浅。在她的版本中，受害者亮相得出彩，即使仅仅因为，爱丽丝拿哥特式惯例烘托她的第二自我，顺手掣取了六月那晚我卧听的崩裂天庭的暴风雨。显然，“泡”在杰茜家的时候，丫头们一致决定不管爱丽丝说什么都不瞧她也不搭理她，就好像她无形又无人听见。受过半小时这种待遇，我们的主人公逃入“倾盆大雨之中，猛烈哭号，头发顶风翻飞”，此时“闪电一刹那钩起虚空”。回到家中，这个悲剧人物“雨水浸肤，僵冷彻骨，牙齿格格地厮打”。虽然爱丽丝不大能享受巫帮版本的闪避，她确实陶醉于诉诸笔端。爱丽丝的文学形象，对就要上七年级的平凡爱丽丝起了救赎的功用。她的记叙文这样收尾：“这之前我从未感受过如此深切的、不堪承受的绝望”。

我没微笑。我记得。

可怜的佩顿，已痛悔得不可开交，吸溜吸溜哭了起来。

杰茜没看爱丽丝，但她窘迫地喃喃道歉了。

尼基和琼不安地扭动。

阿什莉和埃玛无动于衷。

布置过作业，我让她们走了。我叫阿什莉和爱丽丝互换角色写，佩顿和琼，尼基和埃玛成对，因为是七个，我选了杰茜，而她的任务是充当几乎蒙在鼓里的诗歌教师。

鲍里斯追求了。

米娅：

我是个有说不完苦的大笨蛋。

鲍里斯

（出处：《美人计》接近尾声，加里·格兰特饰演的T.R. 德弗林对英格丽·褒曼饰演的艾丽西娅·休伯曼所说。如果我记得不错，男主角发此感慨的时候，正扶着他那被投了毒的心上人下楼。鲍里斯和我把这个片子一起看了至少七遍，每当鲍·伊听到德弗林先生用这干脆一句解释为何恶劣透顶地对待圣洁的休伯曼小姐，就眼泪汪汪的。面对这点儿追求我并非不为所动。不，我不闪烁其词：我感动了。把加里换成鲍里斯，英格丽换成我，那可是无厘头了。一想起我那正发福的、戴眼镜的神经系统科学家，扛着一头卷毛的五十五岁打油诗人，又吭哧又咕噜地走下好莱坞的巨型楼梯，登时幻灭了。但这不是关键。我们必须时不时给自己投射的幻想放行，借机穿起用未曾存在也不会存在之物剪裁的缥缈盛装。这为我们暗淡无光的生活增色，而有时我们或许梦中采撷梦，选择之中便暂缓了庸常的忧伤。归根结底，我们无人能解开虚构之结，这个结形成了我们称之为“自我”的飘摇的东西）

得知鲍里斯/米娅的进展之后，比阿的来信：

只要记住，宝贝休伊，咱们全都搞了个稀巴烂。爱，比。

无人到底来信了：

肾结石。

凄惨的无人先生，对话中翱翔的高朋，叫几粒狠毒的石子儿给打沉了。我希望他早日康复。

敲过门需等半晌阿比盖尔才露面，对此我已习以为常了。我的拜访相当有规律。要么一个人，要么随母亲去，自她摔跤之后我俩都为她忧心。她看似日渐衰微，然而人格力量依然强劲。实际上，阿比盖尔吸引我的就是她的刚硬。这种品格通常不被视为可取，但在她身上似乎发展起来，用以对抗典型的临渊履薄式顺从的中西部精神特质。阿比盖尔刺绣嵌花做针线活儿，执拗地闷头造反。我现在知道了私家园丁的故事。她心血来潮嫁给他，紧接着他就奔赴太平洋，可等他战后归来，把战争也随身携回了。噩梦缠身，无端暴怒，一通通狂饮到烂醉如泥，这归家的汉子与她发誓“爱、尊敬和服从”的小伙子简直判若云泥。但是那会儿，据她说，“跟他一开始就是管窥，看走眼了”。一天，她男人开小差跑了，着实让她松了口气。一年后她接到老兵的悔罪信，要她去密尔沃基和他过日子。这念头本身就令她“冷成冰块”，因此她拒绝了，申请离婚，小学美术老师应运而生了。

她母亲教她刺绣，不过直到婚姻破裂之后她才参加缝纫小组，明白了“她需要做这个”，于是双重生活开始了。历年来她创作了很多作品，既有传统的也有颠覆性的，用她的话说就是“真品”和“赝品”。她卖赝品。她一个接一个给我看真品，规划的奇特性也越发彰显出来。并非全是怨毒的和性欲的。有尺寸各异的精巧蚊子的刺绣品，肚子盈血；直接从《格雷解剖学》中搬来的快活形象，器官暴露却在跳舞；另有一个身形巨大的女人，正下嘴嚼月亮；一张异常酸楚的大桌布绘着女人的内衣：紧身褡、短灯笼内裤、无袖宽内衣、长统袜、连袜裤、旧式厚胸罩、吊袜束腰带、娃娃睡衣；还有一幅她数年前以细交叉排线绣入枕头的入木三分的自画像，她坐在椅子上哭泣。眼泪是闪光镶片。

门开了，我的朋友显得小极了。颤栗已漫上脑袋，站在我眼前时，她的下巴颤抖着。她一袭华裳，窄黑裤，红玫瑰掩映的黑衬衫。稀落落的短发梳在耳后，透过窄镜片，目光依然如炬。

那天下午，阿比盖尔和我作了安排。她斜靠着沙发，对我提起后事。她只有一个侄女，讨人喜欢，但是压根不懂这些消遣。“她会拿到我的钱，从中挣来的。”接着她从我的第一本诗集引了一句：我们痴狂，为奇迹与蕾丝船。“彼此彼此，米娅，”她说，“咱们是一个豆荚里的豌豆。”我受宠若惊，不过得强迫自己看两人在案板上绿鼓鼓的样子。她忽地又转换隐喻，从有机到机械：“我是只闹钟，米娅，随时要闹响，一闹过就回不来了。我听到自己滴答。”她立遗嘱使之生效了，她说。我将拥有私密消遣，随我怎么处置。遗书在小书桌的上层抽屉里。我该知道。钥匙会在里摩日细瓷小蛋盒中找到，我现在要把它取出来，打开抽屉；她得给我看一样东西，就在上头，马尼拉纸信封里插的一张照片。

两个穿无尾礼服的姑娘勾肩搭背站着，露齿笑，一个浅黑头发，我猜准是阿比盖尔，一个金发。金发的右手夹烟。她们看上去轻佻洒脱，无忧无虑，引人羡慕。

阿比盖尔仰起脸，又点头，点头了数秒才开腔：“她和你妈妈一个名字，也叫劳拉。我爱过她。我们那时在纽约。一九三八年。”

阿比盖尔微笑了：“难以置信那个狂妄丫头是我，嗯？”

“不难，”我接口道，“一点都不难。”

告别前拥抱她，我触到玫瑰衬衫下的一身反骨，不比鸡骨头大，我的再也坐不直的阵颤的阿比盖尔，一九三八年在纽约曾爱过一个叫劳拉的女孩，了不起的女人，美术老师和艺术家，胸中自有一套《圣经》的艺术家。她最后对我说的是：“他必降临，像雨降在已割的草地上，如甘霖滋润田地。”《诗篇》第七十二章第六节。

—

成为他人是想象之舞。缺此我们化为乌有。呐喊！希米舞，踢腿，欢腾。这是我的教学法、哲学、信条、口号，姑娘们跃跃欲试了。我可以替她们这样说。她们的“我”盘根错节，而她们尽力寻找随另一个角色、身体、家庭和另一处地方而来的意义。她们的收获参差多变，但需要期待。

杰茜扮米娅写道：“我隐隐觉出这些女孩的问题，可她们不告诉我。我想起上七年级时自己碰到的糟心事，不过已相隔很久、很久、很久了……”（说得颇公道）

佩顿扮琼：“一年级起我一直是尼基的好朋友，凡事基本上步她的后尘。我见她不怕割伤自己，也决定这么做，尽管心里别扭极了。”

琼扮佩顿："我想酷起来可是还嫩。我更喜欢体育运动，至于跟风欺负爱丽丝，就因为想酷起来。"

尼基扮埃玛："我巴结阿什莉，心想她能让我自得起来，而且绕着她转乐趣无穷，因为她对捅马蜂窝满不在乎。当她决定叫我吞下一段死老鼠尾巴时，我顶着恶心遵命了。我像她的奴隶。她激人，而我一受激将就上钩。我的小妹患肌营养不良，我很忧心，跟着一帮朋友干傻事就不那么牵肠挂肚了。"

埃玛扮尼基："我喜欢炫耀卖疯，喜欢穿黑衣裳，浓妆没谱得让我妈心里扑腾。对爱丽丝刻薄，也是炫耀之道。"

阿什莉写道："我是爱丽丝，完美小姐。我爱芝加哥因为那是商店博物馆林立的大城市，妈妈陪我去那些附庸风雅的屁颠之地，现在可去不成了。我曾是阿什莉的朋友，可我想对她来说我太老成了。我是独女，父母把我惯坏了，给我买贵衣服，送我去圣保罗学芭蕾。我用别的孩子不懂的词，就为了让他们自愧不如。我那么道貌岸然，丝毫不解风趣，别人说个芝麻大点的事，我就受委屈了，泪水涟涟的。如果我不是这么窝囊，女孩子也伤不到我。"

爱丽丝写道："我恨爱丽丝，因为她在戏里演沙琳。嫉妒心把我腐蚀了。她识不透我的花招，干起来就很顺当，像胶冻溜出了罐子。我假装喜欢她，但背后死命诽谤她。我的兄弟姐妹老是拳脚相向，撒腿甩门，家里一团糟，而我因情感障碍得吃药，妈妈老是为我不吃药霹雳作声……"

整整一小时，互责、否认和大喘气不断入耳，而阿什莉把自己的障碍——不管什么样的——编排给爱丽丝的真相败露出来，最令人不安。爱丽丝和阿什莉无法互通心曲或者生出一丝怜悯，可当爱丽丝有意无意间道出阿什莉的秘密，大家都哑口无言了，后来佩顿喊了句：“可是阿什莉，你说爱丽丝有情感障碍，不是你。”互换第一人称的技巧折回了。看起来，阿什莉已经在玩这游戏了。

1. 我会勤检查冰箱，果汁牛奶短缺了记得去买。

2. 我保证从头到尾读《米德尔马契》。（还要加上《金碗》）

3. 你写作的时候不打扰你。

4. 跟你多说话。

5. 除了鸡蛋再学着烧点别的菜。

6. 我会爱你。

鲍里斯

我把清单读了好几遍。说实话，我不信头五条。这非洗心革面不成。我全在意第六条，因为，你瞧，鲍里斯爱过我。他爱了我很久，而比起他说话是不是当真——我相信他当真——筋节更在是不是自我蒙蔽起着作用。他真能抛开他那火爆的插曲，或者她的幽灵将陪我们共度余生？更糟的是，鲍里斯既然一度溜出门外，谁能保证他洗手不干？这恰是我在回复中所问的。

雷吉娜回到了罗灵梅多斯，但不是独立生活区。她被安置在楼房另一边为阿尔茨海默病人准备的特殊单元，虽然没查出来她患这种病。那场“事故”之后，当权的（通常会发善心，但绝不无限通融）断定她不可信赖。她必须受监管。母亲和我瞧见她坐在光秃秃的小房间——酷似我在佩恩·惠特尼精神病诊所的病房，只是望不见东河的风景——一张凄紧的蓝罩小床上，秀美的花白长发狼藉地绕着脸庞。母亲一进门，雷吉娜失声叫道：“劳拉！”朝朋友张开了手臂。两人相拥，抱着来回摇晃了大约一分钟。分开后雷吉娜盯着我，像在搜索，我意识到坠落的天鹅忘了我的名字，或许整个人都忘了，而母亲一见我从雷吉娜的记忆库中失踪了，连忙介绍，为老伙伴圆场。

她俩聊天，雷吉娜谈得更多。她喋喋不休地倾诉她的磨难——测试，面善的医生和狰狞的，关于总统、年份、能不能感到针刺等等没完没了的问题。她一时失控，号啕大哭，但即刻收敛住，数秒内发起乡愁来。另一边，独立区不是很美妙么？那边的公寓有她所有的“贴心物件儿”，每个都近在咫尺。哎呀，蛛状吊兰，有人浇水吗？如今看看她，跟一群“失心疯的”和“淌口水顺裤裆拉撒的”人一起流放了。她能回到另一边多好呀。我瞥见母亲张嘴又闭上。如果雷吉娜想把曾厌恶的“家”认作天堂，她有什么资格摧毁这幻觉？离别时老妇人抬起头，把乱发朝后一拢，满脸堆笑。她向我们送出飞吻，尖起嗓子嚷道："再来啊，劳拉。不会不来吧？我特别想你。记得再来。"

就在关门前，我匆匆扫了一眼雷吉娜。她一副丧气的样子，似乎戏剧化的道别把她抽空了。

在走廊，母亲停下脚步。她双手捂紧胸口，合上眼皮，嘀咕了一声："真苦呀。"

"什么，妈妈？"

"老年。"

洛拉、皮特、弗洛拉和西蒙的肥皂剧还在重弹老调，一如洛拉自己看穿的，但现在环境促成了一些变化，钱的变化。我那么喜欢我的克莱斯勒大厦，由着她讲生意计划，却也并不乐观。可怜的少妇几乎没工夫打理首饰活儿，总之，前景似乎暗淡。忽然间，就像在小说中，特别是十八和十九世纪小说中发生的，洛拉的教母，在圣约瑟学院当了五十年财政主管的勤俭的单身女士，去世了，这个老迈的解围之神留给教女一整套韦奇伍德陶瓷和一万美元。（平心而论：这种事情在二十和二十一世纪生活中屡见不鲜；只不过在二十和二十一世纪小说中不多见罢了）

因此，至少目前来说，洛拉富裕了，更重要的是，钱归她，不归皮特。同一周，明尼阿波利斯一家小店答应卖她的作品。他们偏爱建筑形耳环，尤其是比萨斜塔。隔壁喜气洋洋。周五晚上我们庆祝了一番，就在和女巫缠磨了一周之后。（这个过后再表。有时作为叙述策略，时间顺序被高估了。）我母亲、佩格、洛拉和两个宝贝出席。我邀请了阿比盖尔，可她说自己太虚弱去不了，即使我们提出开车把她载到近在眼前的布尔达家。

洛拉一身粉红。母亲大半个晚上都把西蒙挂在身上，两人兴致盎然。小人儿对歌。母亲朝他唱，他也蜿蜒出调调儿，诚然荒腔走板甚至诡异，总归算唱了，屋里的嬉闹就随着他长笛似的弄声转。弗洛拉不戴头套撒欢，对莫基说悄悄话，还往嘴里猛塞蛋糕。我赔小心奉承，给她叫好，怕她觉得每次争宠都败下阵来。佩格容光焕发。逢着家庭聚会，她便如鱼得水，她的在场使气氛更甘甜了。

我问洛拉皮特是不是外出了，没有，她丈夫在家。他觉得就他一个男的不自在，她说，硬要她独自去尽兴。佩格和母亲照顾小孩的时候，洛拉和我步入曾在特大号床上一起过夜的卧室，她告诉我有钱的滋味不同了。“钱是天上掉的，”她说，“归我了，我感觉自己更重要了，某种程度上更自由了，皮特也比以前开心。好像他能喘口气儿，不那么操心了。随后又是工匠库那家店，突然喜欢起我的东西，他也就不觉得我的首饰都是瞎摆活了。”

我们站在一起眺望窗外。我已倾心于这风景，这夏日长空，特别是当落日将它晕染出绚蓝、嫩紫和粉红，而我可以凝视在田野、矮林、谷仓、青贮窖之上的云层随着暮色四合，渐渐化为幽黑平川。研究反复。研究变奏。洛拉说等我回去她会想我，我说我会想她。她好奇我准备怎么应对鲍里斯，我讲了追求的事，她粲然一笑。从邻室传来女人们的笑声，弗洛拉锐叫之后不出几秒，西蒙哭闹开了。

洛拉和我驻立不动，又等了数秒默默望着窗外，她才转身去哄她的宝宝。

Homo homini lupus。人对人是狼。我从伟大的悲观主义者老弗洛伊德的著作中发现了这句，显然摘自普劳图斯。悲惨而真实。环顾四周。单看看这帮小丫头吧，看她们汲汲于争宠夺权，她们无情的伎俩，攻击中的痛快。一星期来她们的“我”周转于彼此之中，我有时对谁扮谁丢了头绪，但她们认起来不在话下。虽说再无多少真相大白，题为“巫帮”的故事也羽翼丰满起来。阿什莉被推翻了。随她的谎言落马。我怀疑，如果没有被抓住把柄，她是否会真心悔恨，不过她深受失势之苦。她仍算挺了过来，开始顺应新角色：星期三她正式向受害者道歉，不管真诚与否，这帮她在班上抬高了声望。提起病妹妹刺到了埃玛的痛处，她作为家中健康却备受忽略的孩子，得到了姑娘们的同情，这倒是不小的抚慰。她主动修改了故事和她在其中的角色，在我看来颇勇敢：“看到爱丽丝哭，我感到畅快。”杰茜自鸣得意的滥调子受挫不少。她明白自己太孤芳自赏了。她几乎不假思索就上了阴谋的道儿。随一周的进展，佩顿的泪水渐少，像其他女孩一样津津品咂起她的角色来。戏剧的净化。事实上，到

星期四，一个默契的剧本已赫然出炉了，孩子们兴致勃勃地投入到自己的情节剧之中。爱丽丝作为浪漫主义主人公的名望有所减损，但大家一致公认她受了罪，而她那么热切地融入折磨者的生活中，以致到了星期五，尼基惊呼道："呀天哪，爱丽丝，你喜欢做刻薄鬼嘛！"琼自然随声附和了。

她们星期五带回家的故事并不真实；这只是她们都能与之周旋的版本，酷似为了捍卫一个观念而模糊、掩盖、扭曲人事沧桑的民族传说。孩子们不想恨自己，尽管自我憎恨绝非不寻常，对发生之事她们达成的一致意见比那位维也纳医生提出的要柔和得多。至于我，曲终之时觉得与巫帮相逢对我有益。七个都拥抱我，对我唱赞歌，我还得到一份礼物：一只装着香皂的紫盒，一瓶波浪形的洗手液，一个扎丁香紫蝴蝶结、盛着洗浴大结晶块的容器。足矣，吾复何求？

接着风把黛茜吹进小镇了。这个带西大荒意味的烂熟语，却与我的掌上明珠相配。这丫头风风火火，不费吹灰之力就能把事情搅得沸腾起来。只见她跳下出租车，肩背大皮包，拉链洞开，亮出乱七八糟一堆物什，身穿紧小T恤、男式马甲、毛边牛仔裤、靴子、浅顶卷檐草帽、巨大的太阳镜，她似乎体现了煽动和兴奋——总之：小型龙卷风。她也是个美人。鲍里斯和我怎么把她造出来的真是个谜，不过基因骰子一掷并不择路。我俩都不算相貌平平，你知道，在母亲眼里我依然很美，然而黛茜的美才叫地道，有她在周围，视线不由得就向她溜去。

她也是个亲昵的小鬼，一如既往，拥抱亲吻蹭鼻子摩挲的行家，在门阶挽住手臂的时候，我们就拥抱，亲吻，蹭鼻子，摩挲，几分钟才罢休。而且就像有时发生的，我到那一刻才明白自己多么想她，多么渴望见她，不过对你顺耳的是，泪水并未夺眶而出。也许眼角有点儿湿润，如此而已。

晚上在母亲那儿度过，我只想得起闲聊的零星话语，却记住了母亲听黛茜说话时活泼泼的神采。黛茜讲剧院、缪丽尔，夜里怎么追踪父亲，而他怎么浑然不察自己的“尾巴”，直到她在罗斯福旅馆门口朝他质问道：“究竟着什么魔啦，老爸?”我想起母亲获悉了雷吉娜的新消息。她被一个女儿救走了。莱蒂抵达之后安排了一番，把她母亲转到辛辛那提的“家”，离莱蒂一家很近。母亲承认未来难料，但是那儿显然胜过阿尔茨海默病人的“恐怖牢房”。

就在次日，我们得知阿比盖尔突发大中风。她还活着，但我们认识的人已消散。她不知道身在何处，身为何人。闹钟炸响了。龙钟老者受苦死去。我们对此了然，但龙钟老者比我们更加体会入微。他们生活在不断轰塌失落的世界，而这，如母亲所说，是苦涩的。

两天之后我在护理区看了她几分钟。母亲不想去。我明白为什么：那种魔魇流失着一切使生命成为生命的功能，太逼近她了。阿比盖尔侧躺着；弯曲的脊椎把她的头摁在膝盖上，所以她只占了床上巴掌大的地方。她的眼睑时不时眨动，但是虹膜和瞳孔已被剥空了一切心思，而呼吸是一阵阵刮擦之声。我朋友稀薄的灰发油气氤氲，未梳理，穿着她本会厌弃的花朵图案的医院罩袍。我朝后梳她的头发。我对她说话，告诉她我什么都记得，到时候会从抽屉里取出遗嘱，会千方百计把私密消遣带进哪家陈列馆。离开之前，我俯下身，朝她耳边低唱摇篮曲，就像以前给黛茜唱那样，不是勃拉姆斯的，另一支。有个护士从背后的门穿进来，吓我一跳。我向后踉跄，颇尴尬，而她一脸按部就班的喜气，说多待一会儿挺好，这之后我却待不住了。两天之后，阿比盖尔去世，我为此高兴。

我给无人写信谈她，谈她的作品和陈年韵事。不知道为何告诉他。可能想得到某种恢宏的回音。我如愿了。

我们中一些人注定生活在只能暂时透口气的盒子之内。我们的精神遭天谴，感情受磨挫，心脏被封锁，思想被禁锢。我们渴望迸发，以暴怒或喜悦甚或疯狂之湍流泛滥而出，但我们无处可去。世间无处，因为无人依我们所是将我们接纳，而且无事可做，除了去拥抱升华的私密消遣，句子之弧，韵律之吻，在纸张、画布上成形的意象，内心的康塔塔①，与世隔绝的刺绣，从地狱或天堂或炼狱或三界之外刺来的昏黑而梦幻的针脚，然而必须有发自我们的某种喧哗与骚动，虚空中的铿锵铙钹。谁会剥夺我们癫狂的区区哑剧？我们，在无人观看的舞台上脚步腾挪交错、豪气纵横、张牙舞爪的演员？你的朋友是我们中的一员，未施膏油，未被选中，身裹生活与性的晦气，为命运所诅咒，却在极少数幸福者才于此孤注一掷的遮蔽下锲而不舍，经年簌簌刺绣，绣入碎心怨毒和阴郁而为什么不呢？为什么？为什么不呢？为什么？为什么不呢？

一派阴凄之言，他却使我感觉好些了，异样地好些了。为什么？尽管我头一次寻思无人先生会不会是无人太太。谁晓得？我不再那么确信他是伦纳德。可我恍然已无所谓了。他或她是我的嗓音，来自乌有之乡，来自乌有，来自为何而不是何地，我喜欢这样。

如果我胆敢再做任何蠢事，把我钉在墙上。

你的鲍里斯

① 康塔塔（Cantata），一种包括独唱、重唱、合唱的声乐套曲，一般包含多个乐章，大多有管弦乐伴奏。

读屏幕上信息的当儿黛茜站在身后，我感觉她的手搭上了肩膀：“你怎么说呢，妈妈？跟我讲讲，妈妈。”

“我要备好订书机。”

“哦，妈妈，”她抱怨道，“他试探呢，你看不到吗？他过得很难受。”

女儿把我的书桌椅推后，跳到我的膝上，开始软缠硬磨，要我给她亲爱的老爸说点鼓励的话。她扯我的耳垂，捏我的鼻头，用多国口音将我恳求——韩语，爱尔兰语，俄语，法语。又从膝上一跃而下，踢踏舞，曳步交换步，振臂疾呼老夫老妻冰释前嫌，唯一的妈唯一的爸，太阳月亮或者月亮太阳，她童年苍穹的一对天体。

二

阿比盖尔葬礼那天，下雨了，我想应该下雨。雨落在新刈的草坪上，而我忆起她缝制的字句：要记得，我的生命不过是一口气。那天下午，教堂长椅上坐满了罗灵梅多斯的人，这就意味着有许多女人，既然那里住的多为女性。不过，色鬼巴斯勒也出席了，骑了电动小摩托，停放在靠后的过道里。我见到了她的侄女，面容苍老，估计也该七十多岁了。母亲要发言。她把讲稿攥在怀里，我能感觉到她的紧张。出门前她试了好几件黑套服，为颜色、熨烫状况和裙子上一点若有若无的污渍而焦虑，终于下决心穿定做的棉布短上衣和裤子，搭配阿比盖尔向来欣赏的蓝衬衫。牧师头发贫瘠，风度是搭调的肃穆，他不可能十分了解我们的朋友，因为他说了假话，听得我旁边的母亲绷紧了身体："我们教区的忠实成员，心灵慷慨温和。"

矮个头、优雅的母亲小心而敏捷地登上讲坛，等调整好双脚和阅读镜，她向听众微微探身。"阿比盖尔万般样子，"她说，嗓音颤抖、嘶哑、断然，"但她不是慷慨温和的心灵。她风趣、坦率、机灵，可说实话，很多时候火气大，浑身刺。"我听到身后两三个女人笑起来。母亲继续，越讲越起劲。她们在读书俱乐部相遇，那天阿比盖尔谴责一本大家正在读的获普利策奖的小说是"一坛子又馊又臭的废话"，这个定论母亲不反对，但会换个说法。接着她赞扬阿比盖尔的创造力和成年累月制作的许多艺术品。她把阿比盖尔做的称为艺术，把阿比盖尔称为艺术家。有这样的外婆、这样的母亲，黛茜和我感到骄傲。我知道妈妈不会为阿比盖尔落泪。我想她不曾为父亲落泪。她骨子眼里是个斯多葛派；如果已经无能为力，就随它去吧。天鹅死去，一个接一个。我们都一个接一个死去。我们都一身必死性的气味，冲刷不掉。对此我们无可奈何，也许除了破喉啸歌。

我们必须告辞片刻，丢下我和黛茜和她身旁明快的佩格，丢下站在那儿为朋友作见证的母亲。我们要丢下她，尽管那天她光彩夺目，随后为讲了公认的真话而迎来许多人的衷心喝彩，因为众所周知，死者常常裹着谎言进入坟墓。但我们要将我们丢在彩窗玻璃外大雨瓢泼的葬礼上，我们让它顺势铺展下去，不再提及了。

时间困扰我们，不是么？物理学家晓得怎样与之优游，但是我们其余人必定要应对不迭疾飞的此刻，它转瞬即为不定的过去，而不管脑中的过去如何错综复杂，我们都百折不回地奔向一个终局。然而，只要还活着，我们的思绪总能连线搭桥，从童年跳到中年又折返，从任选的时间中劫掠，这儿的珍馐那儿的馊味。从来不能以其所是返回，仅仅作为某种随后的化身。曾为将来的，此刻是过去，而过去作为现在的记忆归来了，此时此地就在写作的时间之内。又一次，我写别处的自己。这无可阻挡，不是么？

比阿和我从林肯学校附近的溜冰场出来，等父亲来接，望见他开着绿色的旅行轿车赶到了。回家路上，他用口哨吹出《伊利运河》的调儿，比阿和我在后座相视而笑。到家，妈妈躺在床上读一本法语书。我俩跳上床，她摸了摸我们的脚。好冷。冰，她吐出冰这个字。然后她剥去四只短袜，把我们滑冰的赤足揣在针织衫下面，贴着她暖呼呼的肚皮。天堂。

斯特凡坐在沙发上，一边讲他的道理一边打手势。看着他，我忧心忡忡。他太奔放了。他的思维逼近得太迅猛，然而，我那时全然不知什么要来临。我浑浑沌沌于将来，而那状态，那团懵懂的云雾，再不可能敛回了。

F. 医生叫我屏气收肌。现在屏气！我使出浑身解数，后来发现挣破了满脸的小血管，可我那会儿一无所知。我屏气，感觉到她的头，接着有人喊她的头出来了。的确，她的身体从我身上蓦然滑落，我 / 她，二合一，在张开的腿之间我看见红通通、黏糊糊的天外来客，长着一小抹黑发，我的女儿。我一点都不记得脐带了，是吗？剪的事情忘光了。鲍里斯在那儿，在哭。我没洒一滴泪。他流泪了。现在我想起来了！我说过他从未在现实生活中痛哭，错了。我忘记了！此刻他站在那儿，在我的脑海中，为女儿的降生哭泣。

我走进 AIM 陈列馆，布鲁克林的一家女性合作社，参加名为“秘密消遣”的展览开幕式。

汤普金斯街我们的公寓中，我站在鲍里斯身旁。*你是否承诺爱他、安慰他、尊敬和照料他，无论是健康还是疾病；*

放弃他人，一生一世，对他忠实到底？

嗯，如何？说话呀，你这红发呆瓜。那个时候。我说是。我说，我承诺。我肯定地说过。

母亲转眼九十岁了，我们在邦登庆祝。她的膝盖出了毛病，但头脑清醒，也不用助行架。佩格在场，母亲把我介绍给艾琳。近来电话中老听说艾琳，我猛摇她的手以示热情。她九十五了。“你母亲和我，”她对我说，“在一起真是寻到开心了。”

妈妈米娅在厨桌上写诗。小丫头黛茜在童床里闹腾。

米娅现在住院，诊断为短期精神错乱，理性的临时间离，一次大脑失灵。她正式发疯①。这会儿正在笔记本上写神智裂片。

7

毫不松懈之物——

而无语，

无身份，

溅不出形象的醒着的梦，

只是剧痛。我需要一个名字。

在白茫茫世界我需要一个词。

我需要唤它为何物，而非乌有。

① 原文为法语 une folle。

摘取一幅画，从无处，
从脑海中的，一个洞
看，窗台之上：
开花的骨头。

11

尘埃钻井血月孤掷
石砾拉底，朋与克，
吃雾施肥旋风植物，
夜的漆漆刷亮正午。

21

一度利落，爱，
二度辛酸无度，
尿与醋。
粪与胖子。
这饱受的是什么？

她又清醒了，正在布尔达家的起居室读那个腼腆而情感炽烈的天才的传记，多年来那个丹麦哲学家使她心烦意乱满腹狐疑。时间是二零零九年八月十九日。

我复归前态了，正如你所见。葬礼才过去几天。我复归那时的自己，在那个与母亲、天鹅、洛拉、弗洛拉、西蒙和邦登小女巫共度的夏天。阿比盖尔躺在小镇郊外的坟墓中。还未立碑。随后才立。毕竟过去不久，对那时的记忆还清晰。黛茜还和我在一起。前几天，十六、十七、十八号，鲍里斯·伊兹措维奇稳步而迫切地追求我，甚至给我寄了首邪门儿却动人的诗，这样开头："我认得个女孩叫米娅／她精通押韵与格律／以及声喻法"。写下去就一路崩坏，不过对一个享誉世界的神经系统科学家还有什么盼头？起句之后表达的情感，如黛茜描述的，"伤感得一塌糊涂"。虽这么说，只有最心硬的人才用不着伤感或谄媚或唱情人生离死别的老歌谣，只有彻头彻尾的一根筋才无法汲乐于那些描写孤魂野鬼在荒郊平芜游荡的故事。我们中谁能拒绝简·奥斯丁笔下的美满结局，或者坚持《春闺风月》中的加里·格兰特和艾琳·邓恩不应该在结尾破镜重圆？有悲剧有喜剧，不是吗？常常它们大同小异，要我说，颇似男人和女人。喜剧取决于在恰当的时刻收尾。

我要推心置腹地告诉你，老朋友，因为你已久经考验了，坚定的读者。我要告诉你那老家伙频频得手，大步流星地逼近在那儿、在我身上的无论何物。论缘故就是时间，很简单，时间，历经的时间，还有女儿，出落得古灵精怪、善良、有天赋的宝贝儿，还有我和大鲍之间所有的交谈打架和性，对西德尼和我自己的西莉亚的回忆，这个西莉亚不需要哥伦布去发现，我可以作证。在内心的隐秘处，我承认还有某种未被苦难和错乱铲除干净的旧伤感。但还有故事本身，鲍里斯和我一起写的故事，其中我们的身体、思绪和记忆如此绞缠不清，已难以辨认哪里是这个的终曲，那个的端倪。

回到二零零九年八月十九日，下午大约五点。弗洛拉领着莫基来串门，黛茜为两人表演一段歌舞。弗洛拉卖力地鼓掌，还怂恿莫基也照着做。天气不好，要有沼泽天这便是，雨后，模模糊糊的蚊子荡漾不羁。一片嘈杂之中我有点儿难以专心看书，但总归读到克尔恺郭尔解除婚约了。他爱过她。她爱过他，但他毁约了，只为忍受奇特而缜密的精神折磨。多么伤心又悖拗的冒险。忽然我发觉黛茜不唱了，就抬起头。她转向窗外。

"一辆小汽车上了车道，"她向着窗玻璃侧身，"看不清是谁。你不等什么人吧？天哪，他钻出车子了。他朝台阶走来了。他上台阶了。他按铃呢。"我听到了铃声："是爸爸，妈。是爸爸！呀，呀，你不去开门吗？你怎么回事啊？"

弗洛拉抱住了黛茜的腿，满心期待地蹦跳起来。"啥呀？"她尖声道，"啥呀？"

"去吧，"我说，"让他过来。"

淡出，渐黑